約會大作戰　安可短篇集 8

DATE A LIVE ENCORE 8

Kadokawa Fantastic Novels

【約會大平行　case-1　公主】

「現在開始舉行五河王國主辦的公主☆選拔賽！」

身穿可愛洋裝的真那如此宣言後，會場聚集的觀眾便熱烈歡騰了起來。

「我來說明一下！所謂的公主☆選拔賽是指召集周邊各國的公主，為本國王子，也就是我的兄長挑選妻子的儀式！要請各國公主針對身為王妃所必須具備的聰明、美麗與慈悲來競賽！那麼，兄長，請說句話吧！」

說完，真那要求坐在特別席上的士道發表感言。頭戴王冠的士道皺起眉，面有難色地回答：

「呃，老實說，我覺得用這種方法來選結婚對象不太好吧……」

「真那我也是這麼想啦，但事到如今總不能把公主們都趕回去唄！所以，請各國公主入場！」

真那一說完，吹奏聲便響起，好幾名身穿華麗洋裝的公主出現在圓形舞臺上。

「兄長你看，那是夜刀神王國的十香公主，還有誘宵王國的美九公主、八舞王國的雙胞胎公主……啊，時崎王國的放蕩女也來了啊。我呸！」

真那一臉不悅地咒罵後，立刻清了清喉嚨，恢復心情。

「那麼，事不宜遲——比賽就此開始！」

「——咦？」

真那高聲說完，士道瞪大了雙眼。不過——

「「——喔喔喔喔喔喔喔喔喔喔！」」

各國公主卻一點也不感到驚訝，高舉手持的錫杖，發出英勇的吶喊，互相打鬥起來。

不，不只如此，還把披在肩上的披風或面紗拿來遮蓋別人的視線，把頭飾或王冠當作迴力鏢投擲——利用全身上下穿戴的物品，開始戰鬥。

這場面實在與所謂的公主☆選拔賽相去甚遠。

「等、等一下，真那！為什麼突然開始大亂鬥啊？不是要比誰聰明嗎？」

「是啊，兄長，你看，折紙公主的動作多麼伶俐啊。必須熟知人體的要害，才有辦法做出那種動作。」

「那、那美麗呢……」

「你看琴里公主的腳步多麼簡捷，戰姿如此美麗。」

「慈悲……」

「兄長，你看到剛才六喰公主的動作了嗎？一擊定勝負，讓對方長痛不如短痛——多麼慈悲啊。」

「…………」

看見真那一臉滿足地點點頭，士道決定放棄思考。

就在這段期間，公主一個一個淘汰——

「喝啊啊啊啊啊啊！」

「呼————！」

留到最後的十香公主和折紙公主朝對方交叉迎擊，同時倒在舞臺上。

「竟然平手！」

真那見狀，翻開手上的書本。

「我看看，依照規定，無人勝出時，必須迎娶參賽的所有公主當側室，擇日再舉行選出正室的儀式！」

「……什麼？」

「順帶一提，到時候決勝負的方式是，哪位公主先抓到逃跑的王子就獲勝的捉迷藏遊戲！」

「給我等一下～～～～～～！」

士道的聲音迴盪在氣氛依舊狂熱的會場上。

【約會大平行　case-2　劍道社】

「——得分！到此為止！」

裁判的聲音隨著舉旗發出的清脆聲音，響徹整個劍道場。

五河士道感受著透過面罩傳來的輕微衝擊，朝對手行禮後，嘆了一口氣，拿下面罩。

「……唔，又輸了。」

士道心有不甘地如此說道，剛才交手的學生便一邊脫下面罩一邊朝他走來。

「你在說什麼啊，士道，你的技術確確實實提高了，害我都不敢疏忽大意呢。」

說完，劍道社的前輩——夜刀神十香嫣然一笑。

她的笑容令士道心裡小鹿亂撞。不過士道立刻清了清喉嚨掩飾過去。

「我從來沒贏過前輩妳一次呢……到底要怎麼做，才能變得像妳一樣強呢？」

「必須每天鍛鍊吧。」

「是沒錯啦……前輩妳除了平常的練習，還有做什麼額外的鍛鍊嗎？」

「唔？我想想喔……」

十香說著，將手裡拿著的竹刀鏖殺公（Sandalphon）遞給士道。

「？拿這個給我做什——麼～～！」

話說到一半，士道當場癱坐在地。理由很單純。因為十香遞給他的竹刀重得有如鐵塊一樣。

「還不只這樣喔。」

十香一派輕鬆地說著，脫下身上的防具拿給士道——這個也沉甸甸的。士道好不容易將這些物品擱到地上，擦拭噴發出的汗水。

「妳、妳竟然穿著這種東西比賽嗎……話說，真虧我的腦袋沒有被打爛呢……」

「畢竟不能讓對手受傷嘛。在擊中的瞬間移開竹刀，減緩衝擊力——順帶一提，我的制服、鞋子、書包，甚至是居家服都是特製的。」

「…………」

士道額頭浮現汗水，臉頰抽搐。沒想到他們的實力差距居然如此懸殊。

不過，士道才不會因為這點小事就放棄。他毅然決然緊握拳頭。

「我……也想變得像妳一樣強！可以像妳平常鍛鍊時那樣鍛鍊我嗎？」

「什麼？你是說真的嗎？雖然我自己說不太妥當，但是很辛苦喔。」

「如果能因此變強……！」

「唔，是嗎？那我就不勸阻你了。」

十香如此說道，走向置物櫃，拿了一個類似麵包的東西走回來。

「防具必須特別訂做才行。今天先把這個吃掉就好。」

「這是……？」

士道把東西接過來，從喉嚨擠出一句：「什麼！」

看起來像普通麵包的那個東西，居然跟鐵啞鈴一樣重。

「鍛鍊用的黃豆粉麵包！是我的主食。」

「鍛鍊用……連麵包都這麼重嗎？話說，這個可以吃嗎？」

「當然可以。反正，我也不逼你啦。」

「……！不、不，我吃……！」

士道下定決心，一口咬下麵包。一種比重很重的物質的口感。士道強忍著下巴快要脫臼的感覺，咀嚼麵包，然後嚥下。幸好味道就是普通的黃豆粉麵包，但這一點也令人覺得很奇怪就是了。

「喔喔，吃相真豪邁啊！那麼，我明天把訂做防具的店家告訴你！」

「好、好的……」

士道忍受胃被食物壓迫的感覺，點頭答應。

——隔天。士道因為肚子莫名疼痛而請假沒去上學，暫時沒辦法鍛鍊了。

夜刀神
さんだるふぉん

【約會大平行　case-3　樂園】

蔚藍的天空、白色的沙灘、潮來潮往的海浪聲——

「嗯……」

夜刀神集團千金十香正眺望著美麗的海岸，在沙灘椅上伸懶腰。

「呼……這地方真是舒服呢。我很喜歡喔——士道。」

「了解。」

十香說完，隨侍在候的西裝少年——士道便輕輕點點頭，將用紙包住的麵包遞上來。

自小就照顧十香生活起居的士道，即使十香不說出口，也能察覺她的需求。

「這是用丹波生產的黑大豆與三盆糖製作的最高級黃豆粉麵包。」

「嗯，真好吃。」

十香咬了一口麵包，發出滿足的嘆息。

多麼優雅的暑假啊。遠離都會的喧囂與忙碌的日子，放鬆身心——

「……唔？」

就在這時，十香皺起眉頭。

理由很單純。因為有一對男女出現在他們面前。

「……妳在幹嘛，折紙？」

沒錯。他們就是鳶一財團的千金折紙，以及——她的管家五河士道。

「約會。」

「我不是問妳這個，我是在問妳為什麼會和士道在一起！」

「干妳什麼事。」

「妳、妳說什麼！」

「好了～～好了，妳們兩個冷靜一點。」

正當十香與折紙在鬥嘴時，這次換本条製作公司的社長二亞——「被好幾名士道抱著」出現。

「二、二亞！不要增加那麼多士道啦！」

「咦咦～～？有什麼關係。十香和小折折妳們也可以增加啊，會上癮喔～～」

說完，二亞笑了笑。十香一臉不悅地皺起眉頭。

然而，不僅如此。沙灘上也能看見四糸乃、琴里和美九等財團千金的身影，而她們的身旁也都有士道相伴。

「妳們……這些混帳！不要隨便使用士道啦！」

十香的吶喊響徹整片沙灘。

「——小姐、小姐。」

「唔……」

聽見這樣的呼喚聲，十香脫下戴在頭上的ＶＲ眼鏡。

沒錯。因為忙得不可開交而無法好好放個假的十香心想，至少在虛擬空間享受暑假時光，正在ＶＲ度假村遊玩。

「士道，叫我幹嘛？」

「該念書了。」

「唔……非得現在去念不可嗎？折紙和二亞她們竟然未經我的允許，擅自使用模擬士道的ＮＰＣ。我正要教訓她們呢。」

「我、我的ＮＰＣ嗎？話說，您說要教訓她們是……」

「嗯。我們要使用各自培育的士道來對戰，屬性合不合是重點。」

「這、這樣啊。」

「放心吧！士道是只屬於我的管家！」

十香莞爾一笑後，士道不知為何傷腦筋地露出苦笑。

DATE A LIVE ENCORE 8

Beginning of Nightmare,DoubleNATSUMI,BraveTOHKA,EditorKOTORI,
GeisyaMUKURO,SpiritSHIORI,End of Nightmare

CONTENTS

約會大作戰

安可短篇集 8

橘 公司
Koushi Tachibana

Kadokawa Fantastic Novels

彩頁／內文插畫　つなこ

精靈
THE SPIRIT
存在於鄰界，被指定為特殊災害的生命體。發生原因、存在理由皆為不明。
現身在這個世界時，會引發空間震，給周圍帶來莫大的災害。
再者，其戰鬥能力相當強大。
處置方法1
WAYS OF COPING 1
以武力殲滅精靈。
但是如同上文所述，精靈擁有極高的戰鬥能力，所以這個方法相當難以實現。
處置方法2
WAYS OF COPING 2
——與精靈約會，使她迷戀上自己。
おりがみ
安可短篇集8
DATE A LIVE ENCORE 8
SpiritNo.1
Height 152 Three size B75/W55/H79

在黑暗中揭幕

Beginning of Nightmare

DATE A LIVE ENCORE 8

「——嘻嘻嘻，嘻嘻。」

在伸手不見五指的漆黑世界中，少女獨自發出這樣的笑聲。

她並沒有在對其他人笑。那笑聲不似流露出歡喜或享樂那般爽朗，也不如表示壓迫或煽動那般惡毒。

本來在這黑暗世界中保持意識的，目前就只有她一人。既沒有人與她一同發笑，也沒有人感到畏懼。

然而，少女卻笑了，忍俊不禁地笑了出來。那笑聲就好比策劃已久的計謀終於開花結果——抑或是堅信馬上就要實現——充滿愉悅和期待。

「————」

少女笑了一會兒後，大動作地慢慢舉起雙手——宛如統率樂團的指揮者。

雙手一舉起，幽暗世界便開始產生脈動。

汪洋與一大片地面隆起，逐漸形成巨大的城堡，將她頂向上方。一座環抱著高聳鐵壁與無數尖塔，豪壯又壯麗的黑暗之城。

當然，這種建築物怎麼可能埋在地底下。這是在她的號令下，此時此刻才形成的物體。

沒錯。在這個空間，她無所不能。天地萬物都會依照她的意志化為具體的形象；依照她的期望改變姿態。

不論是巨大的建築物、凶猛的野獸、雄偉的大自然——

就算是精靈和人類也不例外。

「——那麼各位，預祝有個美夢。」

支配者如此說道，再次嘻嘻嗤笑。

雙人七罪

DoubleNATSUMI

DATE A LIVE ENCORE 8

幽靜的郊外聳立著一所「私立精靈女子學園」。

一對男女在那所學園的走廊上前進。

一個是身材嬌小的少女，把嚴重的自然捲頭髮紮成一束，穿著陳舊鬆垮的運動服。

另一名少年則是身穿明顯穿不慣的西裝，跟在那名少女後頭。

他們分別是這所精靈女子學園的「教師」七罪老師，與「實習老師」五河士道。

「所以說，從今天開始，你要帶一個班三週的時間……」

七罪老師語氣慵懶地如此說道，歪了歪頭。

「……還好嗎？跟得上我說的嗎？要再解釋一遍嗎？有什麼想吐槽的，趁現在喔。」

然後憂心忡忡地如此詢問。

「咦？不用了，我可以。我清楚自己應盡的本分是什麼。畢竟當老師是我的夢想，我期待教育實習很久了。」

「……啊，真的嗎？那就好……老實說，我有點沒自信。為什麼偏偏是我當老師啊？」

「老師？」

七罪老師說的話真是莫名其妙。士道歪頭不解，含糊一笑。

「……算了。到了，你負責的二年四班在那裡。」

七罪老師指著前方教室的班級掛牌。士道看了嚥下一口唾液滋潤乾渴的喉嚨。

「……那麼，你先進去跟同學打聲招呼，我再正式介紹你。」

「好、好的。」

「用不著那麼緊張啦，同學們……」

話說到一半，七罪老師清了一下喉嚨。

「……除了一部分以外，都是乖孩子啦。」

「這樣不是只有一部分是乖孩子嗎？」

士道吃驚地說完，七罪老師便「哈哈！」乾笑，像是在表達士道的想法還太嫩。

「團體就是這樣吧……尤其這一班有『那傢伙』在……」

「『那傢伙』？」

這別有深意的說話方式，令士道皺起眉頭。於是，七罪老師露出宛如吃了黃蓮的表情，搖了搖頭。

「……沒什麼，應、應該沒關係吧，我想。那傢伙通常只會頂撞我。」

「……？」

士道再次歪頭表示疑惑……但他想說對接下來要帶的學生抱持先入為主的觀念不太好，便沒有再追問下去。

士道調整了一下領帶，重新打起精神後撫上教室的門。

然後吸了一口氣，打開門，朝他帶的第一批學生邁出腳步。

「大家早——」

不過——

「嗚哇！」

就在他要進入教室的瞬間，他的腳絆到東西，撲向前方。

就這麼跌了個狗吃屎——臉埋進某種軟綿綿的物體。

「好痛……到底發生什麼事了……」

「討厭啦！」

士道正想抬起頭，上方便傳來這樣的嬌嗔聲。

頭一抬，便看見一名少女端整的臉。

包覆臉龐的柔軟觸感以及溫暖的體溫。這時士道才終於意會過來，自己倒進了少女懷裡。

「哇！哇哇！抱、抱歉，我不是故意的……！」

士道驚慌失措地站好，再三道歉。於是，少女像在強調胸部般縮起肩膀，裝模作樣地羞紅了臉頰。

「嗚嗚，人家嫁不出去了啦～～你要……負責喔。」

「咦……咦咦！」

士道發出變調的聲音，四周傳來拍手喝采的嘲弄聲。

「呵呵，搞砸了啊！才剛來實習就搞砸了呢！」

「淫猥。色欲薰心教師爆炸性誕生。」

「怎、怎麼這樣……！」

正當士道倉皇失措、慌亂不已時，從後方走來的七罪老師以冷靜至極的態度彎下腰，捏起疑似設置在門口腳下位置的釣魚線。

「真是的……又弄這種東西。耶俱矢、夕弦，是妳們幹的吧？」

「什麼！」

「慌亂。唔唔！」

原本在一旁歡聲喝采的雙胞胎肩膀猛然一震。看來是為了讓士道跌倒而設下了機關。

也就是說……

「……美九，妳也是。別胡鬧了，趕快回座位坐好。」

「是～～」

七罪老師說完，被稱為美九的學生也揮了揮手，拉長尾音回答，返回自己的座位。

「呃，這是……」

「……喔喔，別在意，常有的事。大概是聽說有實習老師要來，很興奮吧……真是的，這群滿腦子淫穢思想的臭婊子……」

七罪老師語帶嘆息地說完，拍了拍士道的屁股說：「去吧。」

士道聽從她的指示，清了清喉嚨，重振精神後走向講桌。

然後放眼望向整個教室，扯開嗓子說話好讓所有同學聽見。

「呃～～……那麼，剛才的事就當作沒發生過。我是實習老師，五河士道，即日起將暫時帶妳們這一班。雖然還很菜，但我會全力以赴，請各位多多指教。」

「「多多指教～～！」」

士道自我介紹完，學生們便精神奕奕地回答。

原來如此，似乎有一部分學生喜歡惡作劇，但基本上都還滿守規矩的。

正當士道思考著這種事情的時候，一名坐在正面的學生猛然舉起手。

那是個用黑色緞帶將頭髮綁成雙馬尾，一本正經的少女。她將精靈女子學園的制服穿得整整齊齊，戴著一副黑框眼鏡。

看起來還只是個國中生……不過，應該只是單純個子嬌小吧。真要說的話，七罪老師看起來也跟她差不多大。

「嗯？有什麼問題嗎？呃……」

「我是班長五河琴里。」

「五河同學。」

「叫我琴里就好。哥哥……不是，因為老師你跟我同姓氏。」

少女——琴里清了清喉嚨說道。剛才好像有一瞬間聽到她喊自己「哥哥」……不過，這大概就跟自己曾經不小心將學生時期的老師叫成「媽媽」是一樣的道理吧。

「對了，我想讓同學們也跟你自我介紹一下，你覺得如何？」

「喔喔，原來如此。那真是太感激了，務必麻煩各位自我介紹一下。」

士道說完，琴里點了點頭，站起身來。

「那麼，從我開始。我剛才已經自我介紹過了，我叫五河琴里，是這個班的班長。喜歡的東西是加倍佳棒棒糖跟哥哥。有什麼不懂的地方，歡迎隨時來問我。」

琴里說完推了一下眼鏡。

「好的，請多指教。這樣啊，原來琴里和哥哥感情那麼好啊。」

士道說完後，剛才被稱為耶俱矢和夕弦的雙胞胎聳了聳肩。

「不，她是獨生女。」

「解說。琴里所說的『哥哥』，是指類似白馬王子那樣的存在。幻想的哥哥。」

「這、這樣啊……」

士道臉頰流下汗水，如此回答……不過，這年紀的孩子正值多愁善感的時期，有這種幻想或許也無可厚非。包容學生的個性才算是老師吧。

這麼說來，剛才琴里好像稱呼自己為哥哥……繼續深究下去感覺會很麻煩，於是士道假裝沒發現。

「呃，所以，接下來換誰……」

士道望向整間教室，這次換一名擁有一頭烏黑秀髮的少女朝氣蓬勃地站了起來。

「我叫夜刀神十香！喜歡吃黃豆粉麵包！請多多指教，士道老師！」

「好，請多指教。妳還真是活力十足呢。」

士道面帶微笑如此說道，學生們便接二連三地從椅子上站起來，繼續自我介紹。

「本宮正是颶風皇女八舞耶俱矢！」

「宣言。同上，我是八舞夕弦。」

說完，長相如出一轍的雙胞胎擺出超級帥氣的姿勢。士道剛剛才中了兩人設置的機關，臉上浮現出乾笑。

「妳們喜歡……惡作劇吧？」

「呵呵！真內行！」

「微笑。請務必隨時提高警覺。」

「……多謝妳的忠告。」

士道露出苦笑，這次換坐在左方的一名嬌小少女晃著她那不科學的雄偉胸部，站起身來。

「唔。妾身名為星宮六喰，喜愛之物是番薯羊羹。請多指教。」

「好、好的……請多指教。」

士道被她的魄力所震懾。接下來換坐在她旁邊的少女站起來，與她左手戴著的兔子手偶一起行了個禮。

「那個……我叫四糸乃。請多指教……」

「四糸奈叫四糸奈喔～～！請多指教嘍，老師～～！」

「請多指教……呃，四糸奈？」

士道歪了歪頭表示不解，七罪老師便開口對他說明：

「嗯，是四糸乃的朋友。已經獲得允許了，不用在意……怎麼樣啊？」

「咦？什麼怎麼樣……」

「……我是說四糸乃啦，四糸乃。很可愛吧？是造物主恩賜的奇蹟結晶。不過，不只如此。她的外表的確美麗可人，但真正美麗的是她的心靈，竟然關心連屎殼郎都會繞道通行的我喲。如果問我她是人類還是女神，肯定是女神壓倒性勝利啊。她一定也會溫柔地對待你的。不過，你可

不能會錯意喔。四糸乃之所以待人溫柔，是因為她是女神，可不是對你有意思喔。我也不是不明白你會被全宇宙超級女神四糸乃迷得神魂顛倒啦，不過要是你對她出手，我一定會滅你全家，知道嗎？」

「老、老師，請妳冷靜一點。」

未免與說明其他學生時的熱情程度差太多了吧。士道安撫七罪老師，制止她。

七罪老師這才發現四糸乃露出一副難為情的模樣，便尷尬地清了一下喉嚨。

「好、好了，我們繼續。接下來換誰……」

「我～～！換人家！換人家來～～！」

士道說完，便看見一名學生熱情地舉手。是剛才士道一頭撞進懷裡的那名少女。

「人家是現正活躍的女高中生偶像誘宵美九～～！喜歡女孩子！討厭男人！」

美九情緒高漲地說著，並挺起她那穠纖合度的胸部。

雖然有好幾點令人在意，但士道首先對她那辛辣的自我介紹露出苦笑。

「妳討厭男人嗎？那可真是辛苦呢……」

「是的！不過沒關係，達令老師例外～～！」

「達令……？」

「是的～～！因為在人家心中，老師算是女孩子～～！歡迎來到二年四班～～！Welcome to

the美九World！」

「…………喔、喔，是這樣啊？」

真要說的話，士道其實是對「達令」這個稱呼感到疑惑，卻被她以不容分說的態度滔滔不絕地帶過，士道只好如此回答。

就在這時——

「……嗯？」

正當士道要將視線移向下一個學生時，他發現了一件事。

有一名少女在書桌上攤開超級專業的攝影器材，將攝影機的鏡頭朝向他。

「……這位同學，妳叫……？」

「我叫鳶一折紙。叫我折紙就好。或是小折折、我的甜心。」

士道將視線落在點名簿上問道，鳶一折紙便語氣淡然地回答。

「那、那麼，折紙，妳到底在做什麼……？」

「記錄。」

「記錄？」

當士道對這耳熟的單字與陌生的用法感到困惑時，折紙繼續說：

「——×月×日，洞八四洞。爸爸和媽媽就是這麼邂逅的。千代紙，妳總有一天也會遇見美麗的邂逅。媽媽要送未來的妳一句話──『哥羅芳竟然沒辦法立即見效』。」

「喂，妳是在做什麼紀錄啊？是要記錄給誰的啊？」

士道發出哀號般的聲音，然而折紙沒有回答，只是一動也不動地繼續記錄士道的身影。士道覺得有點害怕地移開視線。

「最、最後還剩……」

士道發出變調的聲音，移動視線，然後臉頰抽動了一下。

不過，這也難怪。畢竟坐在那裡的女性怎麼看都不像高中生。

儘管身上穿的是和大家相同的制服，穿著裙子卻雙腿大開坐在椅子上，而且一隻手上還握著三百五十毫升的銀色罐子。感覺她臉頰微微泛紅，雙眼迷濛。比起女子高中的教室，那副德性更適合居酒屋的吧檯。

「欸嘿嘿～～……你好～～我是二亞～～」

「哪裡像女高中生啦！」

好不容易忍到現在的士道對二亞隱約散發出來的角色扮演感，不禁放聲吶喊。

於是，二亞一臉不滿地嘟起嘴。

「真過分耶～～我可是女高中生喔～～很容易受傷耶～～玻璃的十代～～」

「高中生才不會知道這首歌名咧！話說，既然要自稱女高中生，怎麼可以喝啤酒啊！」

麦のうまみ

「咦？不對、不對，你誤會了啦～～這是氣泡麥茶嚕。」

「妳說話都大舌頭了！話說，氣泡麥茶又是什麼鬼啊！」

「沒有啦～～我是漫研社的……不喝這個，我手會抖得拿不住筆呢。」

「根本完全酒精中毒了嘛！」

士道大喊後，二亞毫不在意地發出「啊哈哈」的笑聲。

……總覺得說再多都是白費脣舌。士道嘆了一大口氣，放眼望向整個教室後，瞥了七罪老師一眼。

「呃……所有學生都到齊了吧？」

「嗯……算是吧。嚴格來說，還有一個人，那傢伙是——」

就在七罪老師含糊其辭地說到一半時，教室後門「喀啦」一聲打了開來。

「呼啊～～……早啊～～」

然後，一名女性一臉睏倦地打著哈欠走進教室。

那是個身材比例完美至極，將制服穿得十分隨性的美女。看起來完全不像高中生……應該說，顯然就不是高中生，只是理由跟二亞不同。她渾身上下散發出的性感魅力，怎麼看都是二十五歲左右的成熟大姊姊。

七罪老師看見這名學生的身影，一臉不悅地皺起眉頭。

「……『七罪』，妳遲到了。」

七罪老師如此說道，也被稱為七罪的學生便笑著甩了甩手。

「別那麼不通人情嘛。才晚幾分鐘，還在誤差範圍啦……呃，嗯？」

這時，七罪像是發現士道的存在般眉尾抽動了一下。

「哎呀～～？這位是誰？姊姊終於交到男朋友了嗎？我明白妳想向大家炫耀，但怎麼可以帶到職場來呢。」

「少、少胡說八道了！」

七罪老師滿臉通紅地大喊。七罪見狀，啊哈哈地笑道：

「我開玩笑的啦，開玩笑。你是傳說中的實習老師吧？請多指教。」

「好、好的……請多指教。」

七罪向士道眨了一下眼睛，士道畏怯得臉頰流下汗水回答。

明明對方是高中生，自己是實習老師，對方卻像個年長的大姊姊，氣場強大，從容不迫。

不過，士道更在意另一件事。他歪著頭望向七罪老師。

「……『七罪』？」

沒錯。姍姍來遲的學生，名字竟然與這個班的班導七罪老師一模一樣。

於是，七罪老師一臉嫌麻煩且心情不悅地皺起眉頭，壓低聲音說：

「……沒錯，這該怎麼說呢……那女人微微帶點我妹妹的韻味。」

「這是什麼模稜兩可的說法……」

士道臉頰流下汗水說道。不知為何，總覺得不該深入追究下去……總之，就是妹妹吧。兩邊都叫七罪容易搞混，士道暗自決定稱老師為「七罪老師」，稱學生為「七罪」。

「七罪老師，原來妳有妹妹啊。而且──」

「──」

士道不假思索地正要說些什麼時，七罪老師突然露出凶狠的目光。

「……而且？而且什麼？『妹妹還這麼漂亮』？啊，是是是，多謝你的誇獎。不好意思喔，漂亮妹妹的姊姊竟然是這麼一個矮冬瓜。好在你是先看到我，要是先看見我妹妹，聽到她其實有姊姊，肯定會想像姊姊是個超級大美女吧？話說，不要自己擅自想像姊姊是美女，又擅自失望啦，可惡可惡可惡……！」

「老、老師，根本沒有人說這種話好嗎……！」

士道搖晃七罪老師的肩膀後，她才一臉驚醒般瞪大雙眼。

目睹這個過程的妹妹七罪用手指捲了捲頭髮，並且嘆了一口氣。

「姊姊又開始演出腦內小劇場了，一旦開始就又臭又長。」

「妳、妳少囉嗦啦！我說妳啊──」

「老師，請冷靜一點，老師。」

士道連忙制止又要再次激動起來的七罪老師。

七罪老師一臉怒氣未消的樣子，但大概想起來現在是早上開班會的時間，不久後，雖然氣得呼吸急促，還是開口說：

「……總之，這下就全班到齊了。」

「好、好的。呃～～……那麼，請各位多多指教。」

「「請多指教～～！」」

士道說完，學生們異口同聲回答。

……事情就是這樣，儘管嗅出幾項前途堪慮的要素，實習老師五河士道還是揭開了他在精靈女子學園實習的序幕。

◇

「──好了，翻開下一頁。」

早上自我介紹完的數小時後。

士道再次站到二年四班學生們的面前，進行初次教學。

士道負責的科目是國語現代文，目前正在上宮澤賢治的《要求特別多的餐廳》。有兩名獵人在山上發現一家餐廳，不過那家餐廳並不是提供客人餐點，而是把客人當作餐點享用的地方——故事的大綱就是這樣。

當然，士道為了這一天，已經反覆閱讀課本好幾遍，也多次在腦中模擬授課的情形。而監督他上課的級任導師七罪老師也在教室後方觀察他上課的情形。不過，唯獨充滿全身的緊張感依然揮之不去。

畢竟這是他第一次在真正的學生面前執起教鞭。學生們的視線集中在自己身上的感覺，雖然令人欣喜，卻也成為沉重的壓力。

「…………」

……不，應該說，有一部分投射過來的視線感覺有點奇怪。

該怎麼說呢？士道強烈感覺在認真上課的學生視線當中，參雜著幾道就像在《要求特別多的餐廳》登場的捕食者的視線。

士道從課本上抬眼瞥了一下學生……依序與舉起攝影鏡頭的折紙、呼吸急促的美九、眼鏡鏡片閃了一下的琴里、笑得宛如在策劃惡作劇的八舞姊妹、浮現好色笑容的二亞、舔了一下嘴唇的七罪四目相交。

何止一部分，根本過半數。

話雖如此，總不能中斷上課吧。士道儘管背後冷汗淋漓，還是漠視那些視線繼續上課。

「呃，我看看……有哪位同學要唸下一段課文嗎——」

「我～～我～～我來唸～～」

「嗯？那就麻煩二亞來唸。」

士道指名使勁揮著手自薦的二亞。

於是，二亞搖搖晃晃地站起來，大聲朗讀課文。

「——呃～～……『士道的手指掬起白濁的黏液，有如淫蕩的章魚般蹂躪二亞的私處。二亞因貫穿身體的強烈歡愉而扭動身軀。「啊啊，不行，饒了我吧。」不過，士道露出了嗜虐的笑容後——』」

「給我停止————！」

士道聽見突然滔滔不絕說出的淫穢內容，不由自主地大喊。

「等一下，妳在唸什麼鬼東西啊，二亞！」

「咦？兩名獵人在身上塗奶油的場面啊。」

「賢治才不會寫那種場面咧！」

沒想到竟然亂編課文。士道不禁發出哀號般的聲音。

七罪和美九等其他精靈見狀，喧鬧不已。屬於乖孩子組的十香和六喰一臉聽不懂在講什麼的

表情歪了頭，只有四糸乃不知為何臉頰酡紅地低著頭。是身體不舒服嗎？

「總、總之，從同一段開始。接下來……」

士道故意大聲清喉嚨，重整秩序後指名下一個學生，繼續上課。

《要求特別多的餐廳》故事不怎麼長，接著依序請同學唸課文便唸完了整篇故事。故事的結局是，險些被一群棲居在餐廳裡的山貓吃下肚的兩名獵人在本以為已經喪命的獵犬幫助下，於命懸一線時險中生還。

「好了……就是這樣的故事。各位對這篇故事有什麼樣的感想嗎？」

說完，士道環顧整個教室，視線停留在一名把手舉得筆直的少女身上——是折紙。

「喔，那麼折紙妳說說看妳的感想。」

「——手法未免太差了。如果是我，在客人一踏進店門的瞬間就會立刻鎖門，堵住活路，放毒氣薰昏他們。」

「說的竟然是山貓那方的見解喔！」

士道吃驚得瞪大雙眼後，七罪等人紛紛點起頭表示贊同。

「就是說啊，結果讓他們逃走了。」

「呵，說的沒錯。真是成事不足，敗事有餘。」

「理解。這個故事該不會是在教訓近年來相親時若是得意忘形，採取欲擒故縱的手段，會讓本來有心追求的對象逃跑吧？」

「「啊～～」」

夕弦的見解令學生們紛紛點頭同意。全都是站在肉食獸的角度發表的感想。士道獨自一人額頭冒汗。

「——啊，對了。這個故事讓我想起一件事。老師，我可以問一個問題嗎？」

就在這時，七罪以性感的動作換邊蹺腳，並且舉起手。

雖然認為她的動作不太妥當，但積極想參與課程的態度值得讚許。士道以袖口擦拭汗水後，點了點頭。

「嗯，當然可以。有哪裡不懂嗎？」

士道詢問後，七罪笑容滿面地發問：

「老師——你有女朋友嗎？」

提出了爆炸性的問題。

「「……！」」

教室一陣騷動。

題。

氣氛瞬間改變。士道嚥了一口口水。

不，問題本身並沒有什麼大不了的。倒不如說，只要有實習老師來學校就一定會聽到這種問題。不管回答有沒有女友，頂多就是被取笑幾天罷了。

不過——士道的生物本能，原始的感覺，不斷敲打著警鐘。

因為他強烈感覺這個問題此時此刻在這所學園中，足以致人於死地。

若是回答錯誤，很有可能令自己瀕臨性命危機。

「呃，我……」

士道沐浴在無數視線下，搔了搔頭——

「……我沒有女朋友。」

決定據實以告。

「「…………」」

所有人瞬間露出鬆了口氣的表情——然而隨後，教室裡又立刻充滿了緊張感。

不過，其中只有一名少女看起來有些遺憾地嘆息。是美九。

「這樣啊～～」

「是、是啊。妳為什麼感覺有點遺憾？」

「沒有沒有，才沒這回事呢～～人家一點兒都沒有在妄想將達令老師和你女友兩人通吃的意思喲～～」

「…………」

士道聽了美九說的話，因戰慄而皺起臉。不過，美九馬上表情一亮，拍了手。

「啊！不過～～既然達令老師現在單身，就表示人家也有機會吧！」

「咦？呃，這個嘛……」

美九說完，在士道發表意見之前，教室裡搶先一步發出聲音：

「咦咦～～那不限美九妳一個人吧？」

「正是如此！少略過本颶風皇女，說些自以為是的話了！」

「首肯。可能性有無限大。」

「——給千代紙。這是戰鬥的紀錄。看看媽媽的勇姿吧。」

「喂！妳們在上課時間亂講什麼啊！沒看到哥哥他很困擾嗎！」

「班長，妳也挺機靈的嘛，趁機喊哥哥喵。」

「呃……那個……我、我也……有點……在意。」

「唔嗯。郎君老師喜愛何種姑娘？若是從這之中挑選呢？」

「喔喔！士道老師，你要選誰？」

不只問題學生組，連乖寶寶組也一起七嘴八舌地喧鬧起來。

「呃，我說啊……」

士道一籌莫展，向七罪老師投以求救的眼神……不過，七罪老師卻刻意避開他的視線，像在表示「別扯到我身上」。

走投無路。學生們猛然探出身子逼迫士道回答，令士道雙眼游移不定。

士道也是個健康的男子，若說對年齡差距不大的她們不感興趣是騙人的。

然而，雖說是實習生，士道現在畢竟是老師，她們是學生，必須劃清界線才行，更別說要在她們當中選出一位自己喜歡的類型這種違背師德的行為。

「……啊。」

就在這時，士道的腦海裡浮現了一個妙計。

士道張開手心安撫同學後，接著說：

「謝謝各位。就算是開玩笑，老師也很開心——不過啊，老師我……其實喜歡年紀比我大的女生！」

「「什麼……！」」

聽見士道的宣言，少女們一臉驚愕。

二亞、七罪和美九瞬間露出開心的表情，但隨後便一副「啊！對了，我現在的設定是比老師小！」的模樣。

看見她們的反應，士道在心中擺出握拳的勝利姿勢……其實，士道並沒有特別喜歡成熟姊姊型的女生，但這可說是既不會傷到任何人又能圓場的最好回答吧。

可是，他想得太天真了。因為當他打算繼續上課而拿起粉筆的瞬間，所有人的視線緩緩集中在教室後方。

「達令老師喜歡熟女……」

「也就是說……」

「…………咦？」

位於教室後方的七罪老師在大家的注視下，滿臉通紅地發出驚愕聲。

沒錯。就算看起來像國中生，七罪老師可是貨真價實的大人。如果只照士道字面上的意思去解讀，她是現場唯一正中士道好球帶的女性。

「什什什什什什什什什麼……！你到底在說什麼啊！為什麼會扯到我身上……！喂，這種事情你自己處理啦……！」

「對、對不起……！我沒想到事情會變成這樣……！」

士道不斷向七罪老師道歉後，學生們便興味盎然地倒抽一口氣：「「喔喔……」」

「原來如此……這種隨意的態度。」

「蘿莉御姊……還有這種屬性啊。」

「長、長知識了……」

學生們正經八百，目不轉睛地觀察七罪老師。七罪老師十分不自在地用雙手遮住羞紅的臉頰，扭動身軀。

就在這時，宛如算準時間似的響起下課鐘聲。

「……！好，那麼下課！起立，敬禮！」

士道一副天助我也的模樣，俐落地打完招呼後逃也似的離開教室。同一時間，七罪老師也從教室後門逃到走廊。

教室裡傳來學生們胡亂猜測的聲音，但再回去辯解也只會越描越黑。於是，士道快步追上七罪老師，與她並肩走向教職員辦公室。

「……我說。」

「……幹嘛？」

途中，士道尷尬地攀談，七罪老師撇過臉回答。

「……總覺得很不好意思。我沒想到事情會變那樣……」

「…………沒關係啦，反正不會有人當真吧……你才該節哀順變，竟然跟我這種醜女傳了一下緋聞。」

「咦？不，怎麼會，七罪老師很可愛啊。」

「……！啥！」

士道說完，七罪老師露出像是看到殺親仇人的眼神，凶狠地瞪著士道，以逃之夭夭的速度在走廊上飛奔而去。

◇

實習老師士道因為下課鐘響，總算逃出生天。

然而，這份安寧只維持了數分鐘。

理由很單純。因為士道剛才上的課好巧不巧的是第四堂課。

也就是說，剛才的鐘聲不僅代表下課，同時也告知午休時間已經開始。

果不其然，士道被突襲教職員辦公室的學生們綁架——更正，是邀請他一起吃午餐，再度返回二年四班教室。

順帶一提，學生們把教室內改造成有別於數分鐘前的樣子，桌子排列成圓形，呈現所有人圍繞在餐桌旁的景象。

學生們和士道，以及一起被帶來的七罪老師就座，將便當攤開在各自的桌上，雙手合十。

「好……那麼，我們開動吧。」

「「我要開動了！」」

士道合掌說道（起初是拜託七罪老師喊口令，但她強烈地拒絕了），學生們也模仿他，跟著大喊。

「唔……喔、喔喔！」

就在這時，十香看了士道打開的便當盒，突然大叫出聲。士道被這突如其來的事態嚇了一跳，還是將視線投向十香。

「嗯？怎麼了？」

「沒有啦……只是覺得你的便當五顏六色。唔……看起來好好吃喔。」

說完，十香嚥下口水。同時，她的肚子也咕嚕叫了。

「哈哈，那真是謝謝妳的讚美了。不介意的話，要不要嚐嚐看？」

「！可以嗎！」

「嗯，當然。」

士道將便當遞過去後，十香便目光炯炯地仔細端詳挑選，下定決心，用筷子夾起嫩雞塊。

然後一口塞進嘴裡，嚼了幾下，猛然瞪大雙眼。

「真、真好吃！這是什麼……不是普通的炸雞塊嗎！」

「呵，妳發現了啊。我在麵衣裡加了檸檬汁和羅勒葉，味道清爽，很好吃吧？」

士道得意洋洋地說道，十香又露出驚愕的表情。

「難不成這是士道老師你自己做的……？」

「「……！」」

十香說完這句話的瞬間，其他學生同時望向士道的便當盒。

「唔嗯……此便當嗎？」

「真的假的啊？欸，老師，你要不要在活動前來我這裡做飯給我吃啊？」

「……老師，我也可以嚐一口嗎？」

琴里推了推她的黑框眼鏡說道。

「好、好啊，當然可以。」

都已經讓十香嚐過了，怎麼好意思拒絕。士道臣服於大家的淫威下，如此回答。

於是下一瞬間，筷子從四面八方胡亂舞動，學生們大快朵頤士道親手做的便當。

「嗚哇，好好吃喔……」

「戰慄。這就是男人做的料理嗎？」

「哦……挺有兩把刷子的嘛。」

學生紛紛對士道的便當表示讚賞。老實說，說不開心是騙人的。

不過，問題在於人數。被多達十名的少女搶食的便當盒裡已經沒剩多少菜了。

「啊哈哈……大家正值發育期嘛。」

士道看向輕了不少的便當盒，露出苦笑後，有一道人影迅速逼近便當盒——是折紙。

「老師，我也要。」

「咦？妳該不會沒吃到吧？傷腦筋呢，已經幾乎沒什麼菜了……」

士道一臉為難地說道，折紙便搖了搖頭表示沒問題。

「沒關係。你只要將皮帶、手錶等金屬製品拿掉，全身塗滿奶油給我就好。」

「《要求特別多的餐廳》……！」

竟然埋下這種伏筆。而且，果然還是山貓那一方。

「喂！折紙妳剛才也吃了炸雞塊吧！我看到了喔！」

「嘖！」

十香怒吼。於是折紙輕輕咂了嘴，回到自己的座位。

折紙前腳剛走，這次換四糸乃和六喰一臉抱歉地走了過來。

「不、不好意思……老師的便當太好吃了，不小心就……」

「唔嗯，對不住……妾身的牛蒡絲分你，作為交換吧。」

兩人如此說道，從自己的便當盒分一些配菜到士道的便當盒裡。其他學生也依樣畫葫蘆，分別將一道配菜放進士道的便當盒。

過了幾分鐘，士道的便當盒裝了種類比剛才更豐富的配菜。
「喔喔……感覺變得比原本還要豪華呢。」
士道笑著如此說道，品嚐新生的便當。
一樣菜，每個家庭的調味會有微妙的差異。對興趣是烹飪的士道來說，這個總匯便當反而能品嚐到各式各樣的味道，求之不得。
「嗯，很好吃喔。感覺賺到了呢。」
士道說完，少女們開心歡喜或有些難為情地微微一笑。
「呵呵，對吧、對吧。」
「謙遜。哪有你說的那麼好吃。一定是因為和大家一起分享，才覺得好吃吧。」
「哈哈，原來如此。像這樣和大家一起吃飯也不錯呢──妳們中午總是一起吃飯嗎？」
士道微微偏頭詢問。於是，學生們對看了一下，搖了搖頭。
「沒有喵，平常大家都各自去喜歡的地方吃。」
「嗯。也有班級是像這樣和老師一起吃午餐，但不知為何，七罪老師一到午休時間就不見人影。」
「唔嗯。由於今日和郎君老師在一起，這才順利逮到人。」
「……咳咳！」

大家如此說完，七罪老師大吃一驚，咳個不停。大概是當時默默啃著的三明治噎到了，只見她不停敲著胸口。

「老師，妳、妳還好嗎？」

「……還、還好。」

七罪老師一口將三明治嚥下，輕輕點了點頭。

學生們的視線集中在七罪老師身上。

「對了，七罪老師平常究竟是跑到哪裡去了？我們不要求每天，偶爾像今天這樣和大家一起吃午餐如何？」

「咦？啊，呃，這個嘛……」

當七罪老師語無倫次時，坐在她對面的七罪猛力吸光鋁箔包蔬菜汁，聳了聳肩說：

「啊啊，不可能、不可能啦。我姊從學生時期開始，基本上都是廁所飯。」

「……！」

七罪老師聽了七罪說的話，肩膀猛然一顫。

不過，十香大概是聽不懂，只見她一臉納悶地歪了頭。

「廁所飯……？那是什麼啊？」

「就是字面上的意思啊，一到午休時間就躲到廁所隔間一個人吃飯。我是不太清楚她的感覺啦，好像不管是跟大家一起吃飯，還是被人看見自己一個人吃飯，她都覺得很難堪。而且還謹慎地刻意躲到沒人會去的舊校舍廁所，害得剛好進去那裡的女學生聽見聲響，嚇個半死。以前還曾被算進學校七大不可思議之一——」

「嗚、嗚嘎啊啊啊啊啊啊啊！」

七罪老師吃到一半的三明治砸到七罪臉上，打斷她說話。

「七、七罪老師！」

「啊……！」

士道喚了七罪老師，她便抖了一下肩膀。看來是沒有自覺做出了什麼行為。

「啊……抱、抱歉……」

七罪老師尷尬地發出聲音後，下一瞬間，這次換她的臉被砸了三明治——似乎是七罪予以反擊，做出報復行動。

「…………」

「…………」

七罪老師與七罪沉默了片刻後，撥開形成圓桌狀的桌子，慢慢接近。士道見狀，悠哉地心想：簡直就像進入競技場的戰士呢。

「再怎麼說，砸三明治也太過分了吧，姊姊？」

「……所以我不是有想要跟妳道歉嗎！說到底，還不是因為妳隨便滔滔不絕地多嘴。而且，妳也砸回來了啊。二比一，是妳不對吧。」

「多嘴？有人問，我就回答而已。如果我胡說八道也就算了，說事實還挨罵，我可無法接受。說起來，還不是因為廁所的小七本身有這種趣事可講嗎？」

「不、不要叫我那個名字啦啊啊啊啊！」

大概是觸及了什麼心理陰影，只見七罪老師大聲怒吼，打算揪住七罪。

「等一下——」

再怎麼樣，總不能放任兩人打起架來。士道驚慌失措地正要阻止兩人。

不過，有兩道人影搶先士道一步，介入兩人之間——是耶俱矢和夕弦。

「嘿，兩人且慢！察覺決鬥氣息，裁判八舞不請自來！」

「制止。就算妳們直接扭打成一團，也解決不了任何問題。要不要將這場勝負交給我們八舞處理呢？」

「……啥？」

「交給妳們處理……是什麼意思？」

七罪疑惑地問道，八舞姊妹便同時點了點頭，接著說：

「正如字面所說，既然要一決勝負，不如設定規則！」

「說明。具體來說，就是兩人將各自想對決的項目寫在紙上，投進箱子裡，抽出一張。當然，禁止寫互毆這種犯法的行為。」

「正是如此。敗北的那方要老實地道歉！這就是照三餐進行各種對決的吾等八舞合理的決鬥方式！」

這時，耶俱矢和夕弦擺出帥氣的姿勢，她們的背後產生如特攝英雄片的爆炸場景──令人有這種感覺。一部分的學生發出稀稀落落的掌聲。

「哦……原來如此。好啊，我贊同。用便條紙寫就可以了吧？」

說完，七罪從書包裡拿出便條本，撕下兩張，一張塞給七罪老師。不過，七罪老師卻著急地皺起眉頭。

「……！喂，我又沒答應……」

「哎呀，那就算我不戰而勝嘍？那我把剛才的話繼續說下去──」

「……！我、我知道了啦！我答應總行了吧……！」

七罪老師半自暴自棄地接過便條紙。

兩人四目相交了一會兒，火光四濺，接著在便條紙上寫下文字，對折再對折，扔進八舞姊妹準備的面紙盒裡。

「好！擊鼓聲響起！」

「口技。咚咚咚咚咚咚咚咚咚……」

「我抽！」

八舞姊妹一邊炒熱氣氛一邊從面紙盒裡抽出一張紙條。

「我看看……是什麼？」

「公布。決勝方法是──『在下午的游泳課，誰的泳衣能射中士道老師的心，誰就獲勝。獎賞是士道老師的吻』。」

「「…………什麼！」」

聽見這個決勝方式，士道和七罪老師異口同聲大喊。

「喂……這個決勝方式是怎樣啦。」

「應該說，為什麼把我也扯進去？」

不過，八舞姊妹並沒有理會他們。兩人又擺出帥氣的姿勢，繼續進行話題。

「哦？連決勝的地點和時間都指定了，很機靈嘛。」

「決定。那麼，就在下午的體育課，在游泳池一決勝負。」

「拜託妳們聽我說話好嗎！」

結果莫名被牽扯進去的士道直到最後都沒人理會他的哀號。

順便說個題外話，七罪老師提議的決勝方式是「躲貓貓」。

◇

「——閃耀吧！第一屆精靈女子學園學校泳裝發表會！」

「「喔喔喔喔喔喔喔喔喔喔～～！」」

第五堂課，體育課。

夏季大海般的陽光灑落在泳池中，少女們的聲音響遍整個泳池。大家已經將制服換成深藍色的競泳泳衣，引領期盼著兩位主角的登場。

順帶一提，士道被迫坐在放在泳池邊的椅子，旁邊則是握著麥克風（折疊傘）的二亞。

「好了，第一屆精靈女子學園學校泳裝發表會開始了。由妳們的老熟人，喝了氣泡麥茶被醫生禁止游泳的本条二亞本人我擔任主持人，為各位進行實況報導！另外，吃飽飯游泳很危險，不是精靈的人請勿模仿喲！」

二亞能言善道地如此說完，學生們便鼓掌。

「謝謝各位。好的，現在八舞姊妹已經來到我們的轉播台。對於能強烈感受到想回收在本篇中跳過的泳池活動的本次對決，兩位有什麼感想？」

「呵。姊妹是最親近的朋友，也是對手。會演變成如此形式絕非偶然。」

「解說。畢竟是七罪提議的對決方式，估計會對七罪比較有利，但考慮到評審是公開表示喜歡熟女的士道老師，之後的發展看來會掀起一陣波瀾。」

「原來如此！關於這一點，你有什麼意見，評審少年老師！」

「呃……可以先把我放了嗎……」

「原來如此，每人都不一樣，每人都很棒。胸部是大是小都同樣尊貴。真是說了句名言！多謝你！」

「我才沒這樣說！」

即使被捏造發言的士道發出哀號般的聲音，二亞也充耳不聞。她用力握緊麥克風，繼續熱情地發言：

「好！那我們馬上開始吧！

首先來看先攻！妳真的是高中生嗎！全身散發成人魅力，精靈女子學園的性感象徵！身材比例、容貌、一切都讓人以為是妄想產物的完美女人！七～罪～～～～～～～！」

配合二亞熱情的演說，一陣煙冒出，身穿泳裝的七罪走到泳池邊。

「……！」

士道看見她的模樣後，不禁倒抽一口氣。

雖然感覺效果做得有點太誇張，但畢竟這裡是學校，現在在上游泳課，七罪穿的當然也是極

十香
むくろ
七罪

力減低暴露程度的深藍色競泳泳衣。

不過，如今這泳衣卻反而突顯了她出眾的身材比例。

緊貼肌膚的面料；被豐滿上圍撐到極致的胸前名牌。這種不協調的感覺，營造出一股難以言喻的性感氛圍。

「——嗯哼，這樣你還敢說對嫩妹沒興趣嗎？」

說完，七罪以誘人的動作對士道邪魅一笑。

那副煽情的模樣，男高中生看了肯定會烙印在腦裡，一個星期都揮之不去吧。而實際上，士道的心臟從剛才就一直「怦通怦通」跳個不停。他明明是實習老師，又不是高中生，真奇怪。

「——好，接下來請後攻登場！

精靈女子學園七大不可思議之一，如今將揭開她的面紗！她那將空氣阻力減至最低的扁平身材，是否會受到一部分口味特殊者的熱烈支持！嘴巴毒歸毒，卻意外地為學生著想！其實，我在之前參加活動時就承蒙她的照顧，幸好有她幫忙貼網點——讓我們歡迎七罪～～～老～～～師～～～～～！」

感覺與介紹七罪時的風格有點不同。在經過一連串的介紹詞後，一道嬌小的人影從煙霧中現身。

然而，學生們的歡呼聲卻頓時轉為騷動。

不過，這也難怪。因為登場的七罪老師，脖子以下全被更衣時使用的鬆緊帶浴巾裹得密不透風，呈現晴天娃娃的模樣。

「七罪老師……？」

士道疑惑地皺起眉頭，七罪老師便苦著一張臉，嘆了一大口氣。

「……我知道啦……啊～～真是的，反正船到橋頭自然直嘛……」

七罪老師看開似的說完，滿臉通紅，手顫抖著解開浴巾。

「「喔喔……！」」

那一瞬間，學生們發出一陣騷動。

七罪老師只是和大家一樣，穿著藍深色競泳泳衣，並沒有什麼奇怪或特別的地方。不過，教師當然不可能有學校泳裝，因此胸前的名牌上寫的是泳衣主人「四糸乃」的名字就是了。

但是「頭髮整齊綁起，身穿泳裝的七罪老師」這個事實本身，帶給只看過七罪老師穿運動服的學生們強烈的衝擊。

「喔、喔喔……」

而士道也不例外。七罪老師突然展現出乎意料的泳裝姿態，不禁奪去他的目光。

「喔喔！」二亞見狀，故作吃驚地發出驚叫。

「這是……！七果老師的作戰，效果出奇地好呢！」

「作戰……？」

十香歪著頭詢問二亞。於是，二亞接著說：「讓我來說明吧！」

「仔細想想，學校泳裝的確是充滿戀物魅力的夏季怪物沒錯。再加上七果妹的火辣身材，破壞力十足啊——不過，我們原本穿的制服也是力量不容小覷的服裝。畢竟我們是女高中生嘛，女高中生！」

不知為何特別強調這個詞彙後，二亞接著說：「不過——」

「七果老師平時穿的是運動服！而且不是輕便時髦的運動服，而是充滿舊時代味道的傳統運動服！制服八十分到學校泳裝一百分之間的落差不過二十分，但是從運動服負三十分，到學校泳裝一百分之間的落差，卻高達一百三十分！七果老師是為了這一瞬間，過去才一直穿著老土的運動服……！」

「「喔喔……！」」

聽完二亞的解說，學生們發出驚愕與尊敬交雜在一起的聲音。不過，七罪老師本人卻一臉厭惡地說：「……別隨便把人說得像是足智多謀的策士啦，拜託……」

二亞當然沒有理會她，將麥克風傘朝向士道。

「好了，少年老師，怎麼樣啊？你判定誰獲勝？」

「咦？喔，這個嘛……」

被氣氛帶著走的士道赫然抖了一下肩膀，回答：

「呃……我覺得兩個人都非常有魅力。」

「也就是說！」

「兩人一起獲勝……不行嗎？」

士道放眼望向泳池畔如此說道，所有人便鼓掌——想必大家也抱持同樣的想法吧。

或許是察覺到這樣的氛圍，二亞猛然向後仰。

「唉，好吧！二亞我名聲好就好在懂得靈活變通！第一屆精靈女子學園學校泳裝發表會優勝的是，七果姊妹倆！」

「「喔喔喔喔喔喔喔喔喔喔喔喔喔喔喔！」」

二亞宣布後，學生們更加用力鼓掌，歡聲雷動。

七罪瞪大眼睛愣了一下子，隨後便一臉無奈地聳聳肩。

不過——只有一人反對這樣的評判結果。

「……等、等一下啦……！」

——不是別人，正是七罪老師本人。

「這、這是怎樣啦……！你眼睛是脫窗嗎？怎麼想都是七罪比較美吧！」

「老、老師……」

「你、你是瞧不起我嗎？還是同情我？開什麼玩笑啊，馬上重新評判——」

「妳～～——夠了喔！」

七罪老師話說到一半，七罪的手刀便直朝她的頭頂落下。

「好痛！」

七罪老師發出尖銳的哀號聲，按住頭，當場蹲在地上。

「妳……妳妳幹嘛啦……」

「我才要問妳幹嘛咧。結果都出爐了，妳還在囉哩叭嗦些什麼？退個一百步來說好了，妳把三明治扔到我臉上我認了，但妳對稱讚自己的士道老師咄咄逼人，究竟是哪根筋不對？」

「什、什麼……！這還用問嗎……明顯有問題吧！妳比我漂亮又帥氣……！樣樣比我好！從小別人就這麼說！」

「…………」

七罪老師吶喊般說完，七罪便用雙手用力擠壓她的臉頰。

「唔、唔嘎……！」

「……我就趁這個機會說了吧……姊姊，妳這樣讓我非常困擾耶。」

「什……什麼？怎、怎麼說……」

「我自己說是有點不好意思啦，但我確實美若天仙，隨隨便便就贏過路邊一大堆女孩。」

七罪自鳴得意地說道。二亞聞言，佩服地嘆息道：「哇～～！真想說說看這種話～～！」

「可是啊，我樣樣比妳好？別說蠢話了。我從小──就羨慕妳羨慕得不得了。」

「咦……？」

七罪老師一雙眼睛瞪得老大，發出錯愕的聲音。

「我周圍的確聚集了許多人，但真正受人仰賴的是姊姊。我羨慕妳妙手生花，什麼都會做；羨慕妳能得到眾人的關心。別人大概認為我一個人也無所謂，寂寞時根本不敢依靠別人。」

「七、七罪……」

「姊姊妳太詐了。為什麼明明受到大家喜愛，卻擺出一臉沒人愛的樣子？還對誇妳可愛的士道老師說那種話。」

七罪一臉悲傷地如此訴說。

七罪老師露出腦袋一片混亂的表情一會兒，不久後撇開視線，輕聲呢喃：

「…………抱、抱歉……」

「……嗯。那麼，妳對結果沒有異議吧？」

「啊……嗯……沒有……」

七罪老師老實地點點頭。

於是下一瞬間，七罪表情突然轉變，露出邪佞的笑容接著說：

「——是嗎？那就來頒獎吧。雙方都是勝者而不是敗者，所以兩人都有吧？士道老師的獎勵之吻。」

「…………咦？」

七罪說完，大家也像突然想起似的捶了一下手心。

「呵，差點忘了這回事呢。雖然可惜，這次就認了吧。」

「那麼，由達令老師和人家獻吻給妳們……」

「唔嗯？……唔嗯？」

大家七嘴八舌地起鬨。士道的額頭慢慢冒出汗水。

「呃～～……照剛才那種感動的氣氛，不是應該把獎勵拋諸腦後了嗎？」

「你在說什麼傻話，死了這條心吧。」

七罪如此說道，垂下視線等待親吻。

「唔唔。」士道囁嚅了一聲，然後一臉抱歉地望向七罪老師。

「……那個，老師，真的很抱歉，那個，要做這種事……」

當士道表現出一副難以啟齒的模樣時，七罪老師難為情地挪開視線，哼了一聲。

「…………我聽說了。隨你便吧。不過，我想你親了我之後，一星期都除不掉臭味喔。」

「怎麼會。呃……雖然事情演變到這種地步……不過我覺得很榮幸。」

「……！就說了，你就是這一點——」

七罪老師皺起眉頭想說些什麼，說到一半卻突然中斷。

理由很單純。因為下定決心的士道趁勢以自己的嘴堵住七罪老師的嘴。

「……？……！」

幾秒後，士道離開七罪老師的嘴脣，然後直接親吻旁邊閉上雙眼的七罪的嘴脣。

「呼，呼～～怎麼樣？這下沒意見了吧？」

士道內心湧起一股成就感，同時擦拭額頭冒出的汗水——感官卻感受到氣氛有異。

七罪老師臉紅得像番茄一樣，而七罪則是一臉愉悅地微笑道：「哎呀。」另外，其他學生則是雙眼圓睜，將目光集中在士道身上。

「咦……怎、怎麼了……」

「沒有啦，那個，親吻是……」

「確認。不是親臉頰嗎？」

「啊——」

聽夕弦這麼一說，士道臉色發青。

她說的有道理。聽到「獎勵之吻」這種可愛的詞彙，很少人會直接想像成是嘴對嘴親吻吧。

然而不知為何，感到混亂的士道腦海裡卻被「說到親吻，就是親嘴吧，否則也無從封印」這種莫名其妙的思考主宰。

「嗶────！五河評審，你犯規了！」

「呀～～！七罪老師妳們好詐喔～～！達令老師，人家也要～～！」

「不、不是啦，那個，這……嗚、嗚哇！」

所有人步步逼近的壓力逼得士道穿著西裝跳進泳池。

勇者十香

BraveTOHKA

DATE A LIVE ENCORE 8

很久很久以前，某個地方有一個王國。

國土肥沃，技術精湛，是個連鄰近國家都甘拜下風的大國。

可是不知為何，住在那裡的居民最近都無精打采。

理由只有一個。因為幾年前登基的國王對國民施行暴政。

然而，若是頂撞國王，立刻就會被斬首。

國民默默地忍受，持續等待。

——等待新國王誕生。

◇

三名旅人走在深邃的森林中。

彎彎曲曲的闊葉樹層層疊疊，明明是大白天，卻將整座森林籠罩得幽暗不明。潮濕的空氣纏繞手腳，逐漸奪去險路上旅人們的體力。

「唔……琴里、四糸乃、四糸奈，妳們還行嗎？要不要稍微休息一下？」

走在最前頭，頭髮烏黑的少女——十香回頭望向後方，如此問道。

她的後方是一名用黑色緞帶將頭髮綁成雙馬尾，看起來十分好勝的少女，以及左手戴著兔子手偶，看起來十分乖巧的少女。她們是十香的同伴——琴里與四糸乃。兩人個頭都比十香嬌小，走在這條嚴峻的獸徑上，似乎已精疲力盡。或許是心理作用，四糸乃左手上的「四糸奈」看起來也疲憊不堪。

不過，琴里擦拭著額頭的汗水，冷哼了一聲。

「少說蠢話了，這點路途還輕鬆得很呢。對吧，四糸乃。」

於是，四糸乃點點頭，開口回答：

「沒錯……不要緊。」

「我們快點趕路吧～～據傳言所說，就在這一帶了吧～～？」

兔子手偶「四糸奈」大嘴一張一合地說道。十香回望其他人後，點頭回答：「嗯！」

沒錯。十香一行人沒有迷路，也不是來這裡優雅地享受森林浴。

而是為了尋找某樣物品才來到此處。

「不過，真的有所謂的『選定之劍』嗎～～老實說，只是耳熟能詳的神話故事吧～～？」

「四糸奈」靈巧地做出盤起胳膊的動作，接著說道。於是，琴里瞥了它一眼，聳了聳肩。

「……誰知道。不過，實際情況是相信有，才幹得下去吧。」

她將視線轉回前方，接著呢喃：

「拔出者便能獲得成王資格的傳說之劍……實際上，現任國王也是拔出那類寶劍而獲得力量。至少，在與前任國王非親非故的流浪者突然登上王位時，怎麼想都只覺得事有蹊蹺吧。」

「可是，這件事說到底也是傳聞吧～～？搞不好是為了掩飾他是前任國王的私生子之類的，才故意散布流言～～」

「哎，是有這種可能啦……不過，如果沒有『選定之劍』這類的物品就不可能打倒那個暴君，這一點是純粹的事實。」

琴里說完緊咬牙根。

「…………」

十香感受到琴里的心情，也緊握拳頭。

十香一行人居住的王國，新王登基是在距今數年前。不過，暴君在這僅僅數年間便使得國力疲敝，民不聊生。

異常增稅、密告獎勵，甚至頒布黃豆粉取締法這種惡法，禁止國民持有國家特產黃豆粉。

面對突然實施的各項惡政，當然引發國民抗議的聲浪。但是，國民的抗議聲卻被王國直轄的特別治安維持部隊——「騎士團」徹底擊潰。

以霸權治國的恐怖政治。這便是侵蝕現在王國的病魔。

而十香一行人為了終結這樣的黑暗時代，便仰賴傳說，尋找「選定之劍」。
話雖如此，「四糸奈」說的也不無道理。「選定之劍」就位於這座森林的深處，不過是村裡老人們談論的神話故事罷了。
但是，人們認為只有得到寶劍的傳說中的勇者，才能打倒過度徵稅來增強軍備的暴君。
就在這時——
「……唔？」
一邊撥開繁茂的常春藤一邊開拓新路前進的十香突然停下腳步。
理由很單純。因為前方有一處沒有草木生長的開闊空間——
那裡屹立著一把插進底座的巨大寶劍。
「喔、喔喔！這是……！」
十香瞪大雙眼，琴里、四糸乃和「四糸奈」也跟著發出充滿驚愕的聲音。
「什麼……！竟然真的有！」
「『選定之劍』……和傳說中的一樣……！」
「唔哇～～！抱歉～～我不該心存懷疑！」
十香一行人妳一言我一語地大喊，衝向底座旁邊。早已疲憊不堪，舉步難行的雙腿，竟然輕盈得令人難以置信。

至今毫無人為整頓痕跡的森林正中央有一大片石造廣場，一座金色底座悠然聳立在廣場中心。由於樹林中斷，宛如森林裡開了一個大洞，陽光從天灑落，散發出神聖無比的光芒。

「幹得好耶……十香！」

「這下子就能打倒那個國王了耶～～！如此一來，就能大吃特吃合法的黃豆粉，不用再吃非法交易的黃豆粉了～～！」

「嗯！這下終於……！」

「可是，這個形狀是……」

就在十香等人忘記先前的疲勞，歡欣鼓舞時，有一個人浮現困惑的表情——是琴里。

「椅子……？」

「是椅子……呢。」

「是椅子……對吧。」

三人同時歪了頭。沒錯，插著劍的底座，不知為何是一把巨大椅子的形狀。另外，有一隻藍黑色的貓咪蜷縮在扶手上，散發出祥和的氣息。

「別、別管了。總之，先試試看有沒有辦法把劍拔出來吧。可以讓我先試嗎？」

「嗯，拜託妳了，琴里。」

「加油……！」

十香和四糸乃如此說道，琴里便向前踏出一步。

這時，大概是察覺到琴里的動作，只見扶手上的貓咪抖了一下耳朵，望向十香她們，發出「喵～～嗚，喵～～～～嗚」的叫聲。

那副模樣像是在對十香她們說話，不過，不是貓咪的十香等人聽不懂貓語。琴里撫摸了一下貓咪的頭之後，腳踏底座。

「抱歉吵到你睡午覺，我打擾一下。嘿咻……」

說完，琴里登上底座，雙手抓住插在上頭的劍的劍柄，使勁吃奶的力氣。

不過——

「唔唔唔唔唔……！」

整個劍刃刺進底座的寶劍一動也不動。

「……唔，好像不行。真可惜……」

琴里一臉不甘心地如此說道，走下底座。接著換四糸乃握緊拳頭，抬起臉。

「我、我也來試試看。」

「加油，四糸乃～～！」

四糸乃與琴里一樣登上底座（由於左手不便使用，十香出手幫忙），打算把劍拔出來。

「嗯唔……！」

不過，依然拔不出劍。

「不好意思……我拔不出來。」

「嗯～別在意～畢竟四糸乃感覺不像劍士嘛～」

一臉抱歉的四糸乃與安慰她的「四糸奈」如此說完，走下底座。

「那麼，接下來換十香了。」

「嗯！」

聽見琴里呼喚自己，十香大大地點頭。

然後使勁朝地面一蹬，以輕盈的動作奔上底座——才怪。

是直接一屁股坐到底座上。

「……喂，十香？就算形狀再怎麼像椅子，妳坐上去是要怎麼拔劍啊？」

琴里皺起眉頭，有些困惑地說道。於是，十香的臉頰流下一道汗水。

「嗯……是這樣沒錯啦，但不知為何，身體自己動了起來——」

十香搔了搔臉頰，打算從底座站起來去碰劍。

然而就在這一瞬間，旁觀的四糸乃驚訝得瞪大雙眼。

「……！十、十香，琴里……！」

「唔？」

「幹嘛……呃，咦？」

十香和琴里歪頭感到疑惑時——立刻露出與四糸乃相同的表情。

這也難怪。因為十香坐的底座開始釋放出耀眼的光芒。

「什麼……這、這是……！」

正當十香感到吃驚時，刺進底座——呈現椅背狀的部分的寶劍自動開始向上抽出。

而連劍尖都完全暴露在空氣中的寶劍在陽光照射下閃閃發光，同時轉了一圈，朝啞然無言的十香飛去。

「劍……自己拔出來了！」

「十香，妳握住劍看看。」

「嗯，好。」

十香遵照指示，握住飄浮在眼前的巨劍劍柄。

於是，劍身發射出耀眼的光芒，化作一道閃光，直衝天際。

「喔、喔喔……！」

「好厲害……」

目睹接二連三發生的超常現象，十香等人不禁瞪大雙眼。

已經無庸置疑，這把劍正是王者才能拔出的「選定之劍」。

「太好了，琴里，這下搞不好……！」

「是啊，搞不好可以打倒那個暴君！」

「嗯，這把劍——呃……唔？是叫〈鏖殺公〉嗎？有了〈鏖殺公〉——」

「咦？」

聽見十香說的話，琴里、四糸乃以及「四糸奈」紛紛歪過頭。

「〈鏖殺公〉？這是那把劍的名字嗎？」

「應該是吧？剛才不是有人這麼說嗎？」

「……？四糸乃，妳剛才有說話嗎？」

「沒、沒有耶。」

「四糸奈也沒有喔～」

「唔？真奇怪，那是誰……」

十香東張西望環顧四周。她剛才的確聽見有人在說話。不過，除了琴里、四糸乃和「四糸奈」，現在這裡還有誰——

就在這一瞬間，底座扶手上的貓跳到十香的腳邊，發出叫聲。

「…………！」

十香聽了，瞪圓了雙眼。

不過，這也理所當然。因為先前只聽到「喵嗚」的貓咪叫聲，如今聽來卻成了人話。

「這、這是……你在說話嗎？」

十香說完，貓咪以極為人性化的動作點了點頭。

琴里等人見狀，一臉納悶地皺起眉頭。

「咦？十香，妳在做什麼啊？」

「貓咪怎麼了嗎……？」

看來琴里她們並沒有聽見貓咪說話。這或許也是〈鏖殺公〉的力量。

「沒有啦，我拿到劍之後，就聽見貓咪在說話……唔？你說什麼？」

十香向琴里她們如此說明後，這時貓咪又對她說話。十香當場蹲下身子，側耳傾聽。

「喵～～嗚。」

「嗯、嗯……這隻貓曾是守護這把劍的魔法師，卻被侍奉國王的宮廷魔法師下了詛咒，變成這副模樣──他說：『被劍選上之人啊，請打倒暴君，拯救這個國家吧。』……這樣。」

「咦！剛才那一聲，就說了那麼長的話嗎？」

「資訊的密度也太高了吧……」

琴里與四糸乃「啊哈哈」地苦笑道。

然而，總之〈鏖殺公〉選擇了十香，十香成功獲得了與國王對抗的力量。

十香將劍尖高舉向天，發出宏亮的聲音說道：

「好——那我們走吧，琴里、四糸乃、四糸奈！還有貓咪啊！去打倒國王，拯救蒼生！」

「「喔喔！」」

大家充滿決心的聲音迴蕩在深邃的森林之中。

◇

「…………」

位於國家西北部的巨大王城內最深處的寢室，一道人影驀然坐起身子。

那是一名擁有宛如濃縮了黑夜的烏黑長髮，以及如黑水晶般的雙眸的少女，美得令人毛骨悚然。目前她的身上只穿著一件薄睡衣，雪白肌膚從胸前及衣襬下露出。

若是不知情的人看見她的姿態，肯定會認為她是個睡過頭的公主，要不然就是受到國王寵愛的年輕愛妾吧。

沒錯，絕對沒有人想像得到。

——這名少女正是統治這個王國的國王。

「這種感覺……哼，有人拔出〈鏖殺公〉了啊。」

國王一臉不悅地如此說道，撩起頭髮，露出銳利的視線。

然後下了巨大的天篷床，來到稱之為寢室顯得過於寬廣的房間中央，拍了一下手。

「來人啊！」

沒多久，房內一景突然扭曲歪斜，從中出現了一名身穿灰袍的女性。

就女性而言，她的頭髮偏短，身材苗條……另外，總感覺臉頰有些泛紅，散發著酒臭味。

她是侍奉國王的宮廷魔法師，二亞。

「來了～國王殿下～～您可安好～～？在下是人見人愛的魔女二亞～～」

二亞傻笑著如此說道，朝國王揮了揮手。另一隻手握著的並非魔法師的手杖，而是酒瓶。國王一臉不悅地皺起眉頭。

「妳又大白天就喝酒啊。」

「欸嘿嘿～～別那麼古板咩～～已經沒人敢反抗您了～～榮華富貴的王國高官沉溺於酒池肉林，不是世俗間的常理嗎～～？」

說完，二亞又開始傻笑。敢像這樣一派輕鬆地對國王說話的人，除了王妃，就屬她一人了。

不過反過來說，表示二亞就是如此優秀的魔法師。通常對國王不敬者會被判處死罪，但國王可不會犯下因一時情緒而喪失有用棋子的愚蠢行為。縱使從先王手上奪取王國的是國王，但沒有魔法師二亞的幫助，便無法成就今日如磐石般穩固的支配體制吧……雖然從她現在的模樣，完全看不出她多有能耐就是了。

「馬上醒酒。還有，叫『餐桌騎士』過來。」

「咦咦？還真是突然呢～……話說，我從以前就很在意了，能不能改個名字啊？就算是惡搞，感覺也不是很威風耶……」

「還是應該叫『鮪魚美乃滋騎士團』比較好嗎？」

「不好意思，還是叫餐桌就好。」

二亞死心般嘆了一口氣後，聳了聳肩繼續說：

「所以呢，餐桌騎士有五個人，您要叫誰？」

「當然是五個人都叫。把國軍引以為傲的最強戰力全都召集進城，十萬火急。」

國王說完，二亞大概也心存疑慮，只見她一臉納悶地眉頭深鎖。

「……呃～我姑且問一下，發生什麼事了？」

「我猜——有人拔出了〈鏖殺公〉。」

「什麼……！」

聽見國王說的話，二亞露出驚愕的表情，屏住呼吸。酒瓶從她手上滑落，「叩咚」一聲掉到地毯上。

「啊！」

不過，二亞撿起酒瓶後快步走到房間角落，重新讓酒瓶掉在沒鋪地毯的地板上。而且，有點用力。

這次酒瓶「喀鏘～～～～～！」一聲破裂，玻璃碎片和酒精飛濺四周。

「妳、妳說什麼～～！」

「喂。妳剛才幹嘛故意重來？」

「沒有啦……算是表現出驚訝的樣子吧？」

二亞如此說著，吐了吐舌。反應那麼大，看起來倒是挺冷靜的樣子。

「話說回來……唉～～沒想到竟然有人拔得出那把劍。我都已經施咒把寶劍守護者變成貓咪了，照理說連把人帶到那裡都辦不到才是啊……」

「那個魔咒該不會解開了吧？」

「不可能不可能！解開的話，我應該感受得到。」

國王瞪向二亞，二亞便猛力搖搖頭。

「……不過，這的確是緊急事態呢。了解，我現在立刻召集餐桌騎士……只是，能稍微等我一下嗎？」

「為什麼？」

「……沒有啦，我剛才搖完頭，覺得有點不舒服。」

「…………」

二亞摀住嘴巴，當場蹲下。國王以冰冷的視線俯視著她。

◇

「——辛苦了。」

設置於王城中的奢華謁見室。國王悠然坐在謁見室最深處的王座上，睥睨著聚集於此的餐桌騎士。

一名是身穿純白鎧甲，容貌宛如洋娃娃的少女。

一名是身穿東洋風鎧甲，頭髮長得驚人的少女。

其餘兩人則是各自穿著左右對稱的鎧甲，長相就像同個模子印出來的少女。

乍看之下，全都是年輕少女，但她們的實力可是掛保證的。這一干人等全都擁有以一擋千的力量，是王國最強的騎士團。

國王微微瞇起眼，拄著臉繼續說：

「想必妳們已經聽說了吧，有人拔出了聖劍。不久後，或許也會出現加害本王之人。我命令眾卿現在起擔任王城的護衛，若有敵人出現，格殺勿論。」

國土不容分說地輕聲說道，長相一模一樣的雙胞胎便猛然擺出左右對稱、無比帥氣的姿勢。

「呵呵——有意思。想不到竟會出現反抗吾等王國之人！吾就讓他成為我疾風耶俱矢的劍下亡魂吧！」

「對抗。不准搶先衝鋒陷陣。遺忘我旋風夕弦可就苦惱嘍。」

說完，兩人彼此狂妄一笑，又擺出帥氣姿勢。

隨侍在國王身旁的二亞見狀，「啊哈哈」地笑了。

「哎呀，小矢跟小弦依舊精神百倍呢。麻煩妳們憑著這樣的志氣抗敵嘍～好不容易跟著國王過上吃飽睡、睡飽吃的理想生活，要是搞什麼政變之類的，真的別鬧了，呃……嗯嗯？」

二亞說到一半，皺起眉頭。

國王立刻得知了理由。因為位於耶俱矢兩人左方的純白鎧甲少女——鳶一折紙表情一如往常，卻莫名散發出慵懶的氣息。

「怎麼了，小折折？睡眠不足嗎？感覺一點霸氣都沒有呢。」

「……………老實說，這個角色讓我提不起什麼幹勁。」

二亞詢問後，折紙便失落地唉聲嘆息。

「啊哈哈，討厭啦，小折折，竟然是對分配到的角色不滿嗎？不過話說回來，沒幹勁可是個大問題呢喵……啊，該不會是那個吧？因為變得太強，結果找不出戰鬥的喜悅嗎？」

「不是。那種事交給耶俱矢和夕弦負責就好。」

折紙懶散地如此說道，耶俱矢和夕弦便赫然驚覺般抖了一下肩膀。

「原來如此……強者的憂鬱……還有這種路線啊。」

「坦誠。其實夕弦最近面對的都是打起來不過癮的敵人，已經打膩了。」

「啊！好詐！」

兩人在一旁鬥起嘴來。

不過，折紙並不怎麼在意，再次嘆了一大口氣。

「這個國家要是好歹有個五官中性、內心善良的王子，我還能努力下去。名字麻煩叫士道王子。」

「咦！理由這麼庸俗嗎！應該說就算有，對王子殿下出手也是大忌吧，小折折！」

「前提是，王子在與異國公主的政治聯姻一天天逼近下，與貌美的女騎士陷入情網的這種設定。」

「啊！啊～～……」

聽完折紙說的話，二亞露出「這倒是可行……」的表情，盤起胳膊。

「…………」

不過就在這時，大概是察覺到國王目不轉睛的視線，只見她立刻用力搖了搖頭。

「不不不，還是不行啦！要是有這種王子存在，我自己才想要……不對，妳必須好好工作才行啦！」

「…………」

折紙悻悻然地撇過頭。二亞無奈地嘆了一口氣。

這時，二亞又皺了眉。

「……我說，小折折旁邊的小六又為何一直別過頭呢喵？」

「唔嗯……」

從剛才便一語不發的長髮騎士——封緘六喰一臉不悅地瞥了二亞一眼。

「妾身根本就不怎麼喜愛國王。」

「竟然是這一點！」

聽見出乎意料的坦白，二亞反應誇大地將身子向後仰。

「不不不……國王姑且是國王，妳是騎士。既然拿人薪俸就得乖乖做事……應該說，虧妳敢在本人面前說這種話呢。這個人是出了名地看人不順眼就砍人頭的國王耶，殺人不眨眼喔。」

「照妳這麼說，妳的頭還在脖子上又該怎麼解釋？」

國王對二亞投以冷冰的目光後，二亞臉頰流下汗水，露出苦笑。

「討厭啦，國王您真愛說笑。怎麼樣啊，小六，為了與年輕人打成一片，妙語如珠的國王殿下很迷人吧？」

「討厭就是討厭。」

「真是的！」

面對意見不變的六喰，二亞滑稽地擺動雙手。

「什麼嘛什麼嘛，真是的～～！事態緊急，妳們餐桌騎士這種態度是要怎樣啊～～！這關係到我吃飽睡、睡飽吃的生活，妳們給我認真一點啦！應該說，基本上是要笨擔當的我竟然轉為負責吐槽，可見事態有多嚴重！吐槽意外地消耗卡路里耶！七果，平常謝謝妳啊！」

二亞一個勁地大吼大叫完，歪頭發出「嗯？」的一聲。

「對了，七果跑到哪裡去了，怎麼沒看到人？」

她說著環顧整個謁見室。

的確如二亞所說，儘管召集了餐桌騎士所有成員，卻唯獨不見幻影七罪的身影。

於是，折紙（似乎已幹勁全失地坐在脫下的鎧甲上）扯開嗓門大聲回答：

「七罪昨天晚上就被帶進美九王妃的寢室，到現在還沒出來。」

「王妃殿下在搞什麼啊！」

二亞發出變調的聲音。不過，其他騎士聞言——

「啊～～」

「理解。啊～～」

「七罪難逃一劫啊。真是可憐的傢伙。」

每個人都不怎麼驚訝，莫名心中有數的樣子，紛紛嘆息道。

「咦！這是什麼反應！」

「雖說是王妃，女人就是女人，總是渴望戀愛。況且依照常理，王妃基本上都會跟騎士紅杏出牆。」

「偏見未免太深了吧！假設真是如此好了，這種話絕對不能在國王面前說出來吧！」

「我們所有人都被王妃邀請過。」

「別再說了啦～～！」

明明事不關己，二亞卻微微含淚，摀住國王的耳朵。

國王厭煩地甩開她的手後，對眼下的騎士們投以銳利的視線。

「——無所謂。」

「咦？」

二亞瞪大雙眼。國王不予理會，接著說：

「我不過是為了讓支配體制堅如磐石才娶了那女人，她要愛誰我不管……應該說，她分散去找好幾個人，我反而落得輕鬆。」

國王說完，騎士們臉頰紛紛流下汗水。

感覺她們臉上寫著：「……呃，那是妳的妻子耶，管一下好不好。」但終究沒有說出口。

「當然，不只美九，眾卿也是。無論妳們是不敬、提不起幹勁還是討厭我都無所謂，我沒興趣知道妳們心裡在想什麼。我對妳們的要求只有一個，就是服從我的命令。僅只如此而已。」

國王淡淡地說完，二亞雙眼圓睜，片刻後立刻拍了拍手，重新打起精神。

「哎、哎呀～～！國王殿下真是通情達理啊！妳們說是不是啊！世上鮮少有如此懂得變通的國王。好了，勤奮工作吧！」

二亞故意提高音量。於是，騎士們「呼」地吐了一口氣，各自表現出反應。

「呵，吾等是騎士。仇視王國者一應格殺勿論！」

「同意。那便是騎士的職責……順帶一提，耶俱矢，講『一概』比較正確吧。」

「咦！真的嗎！」

八舞姊妹擺出帥氣的姿勢後，開始竊竊私語。於是，在兩人旁邊的折紙一臉嫌麻煩地從鎧甲上抬起腰，而六喰則是死心般聳了聳肩。

「放心吧。雖然不到幹勁十足，但該盡的職責我會盡的。要是失去騎士的頭銜，我怕到時候士道王子出現，我沒辦法跟他談戀愛。」

「唔嗯……縱然服從王命讓我不滿，但既然領人俸祿亦無可奈何。畢竟無人敵得過吾等騎士團的威力吧。」

「喔、喔喔……！」

聽見騎士們可靠（？）的發言，二亞總算鬆了一口氣。

「真是的，妳們還真是壞心眼呢。太好了～國王殿下。就算是拔出〈鏖殺公〉的劍士，只要餐桌騎士出馬，三兩下便解決得一乾二淨！」

二亞得意洋洋地如此說道，「哇哈哈」一笑。

國王面不改色地俯看騎士們後，再次輕聲下達命令：

「本王的騎士團，妳們就去吧。寶劍的氣息已經逐漸逼近，想必數日內便會進入王都吧。我允許妳們在王都內戰鬥，務必致對方於死地。」

「遵命！」

「了解。我們出發了。」

「…………」

「唔嗯……」

騎士們各自回應後，離開了謁見室。

「呼……」

國王目送她們的背影，輕聲嘆息後慢慢舉起手。

於是下一瞬間，虛空中出現一道漆黑之光，形成一把單刃劍。

那是數年前國王拔出的選定魔劍〈暴虐公〉。

國王將劍尖指向窗外，眼神銳利，開啟雙唇：

「——被劍選上之人啊，放馬過來吧。告訴我誰才是真正的國王。」

◇

「喔喔……這裡就是王都啊。」

走出森林來到街道，轉乘馬車，朝西北前進三天。

十香一行人抵達王城聳立的王都。

是十香等人居住的村莊無可比擬的大都市。寬廣的道路縱橫交錯，路旁的商店鱗次櫛比。

但是，明明人潮熙來攘往，每個人的表情都有些陰鬱，感覺整個都市死氣沉沉。

「唔……明明很熱鬧，街上的氣氛卻令人感到不舒服呢。大家好像在畏懼什麼似的。」

「哎，這也難怪。因為這裡是王城，騎士團的取締也格外嚴格。」

「喵～～嗚。」

這時，腳邊的貓咪叫了一聲。一行人感到疑惑，循著牠的視線望去，便看見數名身穿鐵鎧的騎士並肩而行。路上的居民連忙讓出道路，聚集到路旁。

「說人人到，是王都的巡邏騎士。被盯上就麻煩了，我們走吧。」

「說的也是……」

琴里說完，四糸乃點頭同意。

順帶一提，十香一行人穿著附有兜帽的外套，喬裝成旅人。這樣既能避免被巡邏騎士記住容貌，也方便隱藏〈鏖殺公〉。

「總之，先找個地方睡，再來擬定作戰。這裡是敵人的大本營，守衛城池的騎士估計至少也有三千人。而且，裡面可能還包含了餐桌騎士。」

「餐桌騎士？」

「沒錯。是隨侍國王左右的五人騎士團。閃光折紙、封緘六喰、幻影七罪、疾風耶倶矢、旋風夕弦──就算擁有〈鏖殺公〉，有勇無謀還是會戰敗，必須想辦法盡量避人耳目地侵入王城才行──」

就在這時──

琴里突然停止說話。

理由立刻便揭曉了。因為巡邏騎士所在的方向傳來哀號聲。

循聲望去，就看見一名戴著眼鏡的嬌小女性跪在地上，被三名巡邏騎士包圍。

「求、求求你們，放過我吧！沒有這個聘禮，好不容易快談好的親事就泡湯了……！」

女性懇求般訴說。不過，三名巡邏騎士（分別是身材高挑、中等身材、個頭嬌小的少女）卻充耳不聞。

「呀哈～～！不行！」

「持有黃豆粉是重罪！」

「妳要在大牢裡迎接三十歲了～～！」

「怎、怎麼這樣……！對這種小事睜一隻眼閉一隻眼，讓我結婚有什麼關係嘛！」

女性潸然淚下，哭倒在地。琴里見狀，十分不悅地皺起臉。

「嘖……真是欺人太甚。不過，忍著點，十香。若現在引起騷動，一切都將付諸流水——」

「——喝啊！」

然而，十香還沒把琴里的話聽完便衝了出去。她一邊脫下旅人的外套，一邊揮舞原本揹在背上的〈鏖殺公〉，以劍脊痛毆巡邏騎士。

「唔喔……！」

騎士發出悶哼聲，同時倒地。十香將騎士手上裝有黃豆粉的皮囊交給女性後，努了努下巴示意她離開。

女性儘管感到困惑，還是向十香行了一禮，然後跑走了。十香見狀，重新舉起〈鏖殺公〉。

因為騎士們站了起來，拔出劍怒瞪十香。

「痛死了……什麼人啊！」

「看來妳已經做好心理準備了吧！」

「話說，我們分配到的角色好不討喜喔！」

「哼……我沒必要向惡黨報上姓名！」

「妳說什麼！」

「妳那什麼態度啊！」

「別仗著妳長得有點可愛，就那麼囂張！」

騎士聽了十香說的話，怒不可遏。這時，在十香後方的琴里、四糸乃和貓咪正好走上前來。

「真是的，十香，妳在幹什麼啊……！」

「不過……幸好那個女人得救了……」

「喵～～嗚。」

琴里聽了四糸乃和貓咪說的話，唉聲嘆了一口氣。

「……既然事情都做了，也覆水難收。總之，在騷動傳到上頭之前，打倒這些傢伙，再藏身吧。」

「嗯！」

十香微微一笑後，雙手握住〈鏖殺公〉，再次舉劍。

不過——就在這個時候。

「——找到了。」

巡邏騎士們的背後出現了四名少女。

「唔……？」

當十香看見突然出現的人影而一臉疑惑時，少女們推開巡邏騎士，走到十香一行人面前。

「呵呵……閃閃發光之大劍。看來是找對人了呢。」

「首肯。是國王所說的『敵人』。」

「唔嗯……看似不怎麼強呢。」

「巡邏騎士可以退下了。接下來——是我們餐桌騎士的差事。」

身穿美麗鎧甲的少女騎士們拔出劍，與十香等人對峙。三名巡邏騎士刹那間想說些什麼，但一看見她們的身影，便臉色鐵青地退到後方。

「餐桌騎士……？那是——」

十香皺起眉頭，琴里戰慄似的屏住呼吸。

「……不會吧。竟然來了四名餐桌騎士……！」

「呵，看來汝知道吾等的大名呢。」

「那就好辦了。擁有『選定之劍』者，雖然我們無冤無仇，但妳受死吧。」

說時遲那時快，瞬間劍光一閃，十香的視野一片亮白。

——騎士團出動數小時後。

「終於找到妳了，國王！為了國家、人民，以及能隨心所欲地品嚐黃豆粉，我要用這把〈鏖殺公〉討伐妳！」

「妳已經無路可逃。過去竟敢如此無法無天！」

「認、認命……吧！」

「妳的氣數已盡了～～！」

「喵～～嗚！」

手持聖劍〈鏖殺公〉的劍士與她的伙伴和一隻貓闖進王城最深處。

而且，不只如此。她們背後——

「呵呵，覺悟吧，國王！汝之惡行已到此為止！本疾風耶俱矢將替天行道！」

「贊同。本旋風夕弦不容許妳為非作歹。」

「閃光折紙，堂堂登場。」

「封絾六喰，感覺妾身終於覓得自己的戰場了。」

聚集了原本是前往打倒她們的餐桌騎士團。

「——給我等一下～～～～～～～～！」

魔法師二亞的吶喊聲迴蕩在謁見室中。由於她的聲音實在太宏亮，坐在她旁邊的國王一臉厭煩地摀住耳朵。

不過，二亞沒有發現國王的反應，扯開嗓子喊得更大聲。

「妳、妳們在幹嘛？搞什麼鬼啊！退一百步來說好了，就算反賊侵門踏戶是無可奈何的事，妳們又為什麼會加入她們那一方啊！妳們不是前不久才說過要保護國王嗎！」

二亞發出哀號般的聲音大喊，騎士們便瞬間彼此對看了一下，然後再次望向二亞回答：

「她們說敵方騎士在戰鬥後成為伙伴會比較有看頭……」

「首肯。在ＲＰＧ裡，基本上實力堅強的角色會成為後半的固定班底。」

「感覺加入這邊會比較好插旗。」

「妾身曾言自己討厭國王吧。」

「這個國家以前竟然把國防交給這些傢伙負責嗎！」

二亞扭動身軀，抱頭吶喊。就在這時，她像是發現了什麼似的瞪大雙眼。

循著她的視線望去，便看見反賊之一——左手戴著兔子手偶的少女背後，有一道嬌小少女的黑影。衣服凌亂，頭髮像鳥窩，全身上下還印著吻痕。

不會錯，她是先前並未現身謁見國王的餐桌騎士——幻影七罪。她時不時還顫抖著，呢喃：

「好可怕……王妃好可怕……」看來她也倒戈到敵方陣營了……但不知為何，唯獨對她無法感到怨恨。與其說倒戈，說是被敵方保護還比較貼切。

不過，對二亞而言依舊是緊急事態。她鐵青著臉望向敵人的臉龐，露出卑微的笑容。

「欸、欸嘿嘿……哎呀，妳們好啊，我是宮廷魔法師二亞。如果有什麼需要……」

「礙事。給我讓開。」

「呃噗！」

二亞明顯開始試圖討好敵人。國王朝她的側臉賞了一巴掌後，慢慢從王座起身。

然後踩著悠然的步伐前進，一邊將手舉向虛空，顯現出魔劍〈暴虐公〉。

「「……！」」

手持〈鏖殺公〉的女人、其他反賊以及倒戈的餐桌騎士團，臉龐染上警戒之色，壓低身體重心，舉起劍。

不過，國王面對眾多敵人卻處變不驚，將〈暴虐公〉大幅高舉過頭。

「騎士團啊，本王並未對眾卿失望。因為，我打從一開始就不對妳們抱任何期待。

反賊們啊，本王並未對妳們感到惱怒。因為，不管妳們聚集了多少人，都沒有任何人戰勝得了我……！」

國王說完，同時揮下〈暴虐公〉。

「什麼……！」

瞬間，〈暴虐公〉迸發漆黑的光芒，隨後橫掃眼前眾敵，破壞城牆，直衝天際。

轟聲巨響，爆炸。一陣天搖地動撼動王城，瓦礫四散，濃煙瀰漫。

「唔，唔……」

「唔啊……！」

不久後，濃煙散去，可以看到反賊和叛徒摔到牆上。手持的劍折斷，裝飾精緻的鎧甲也凹陷了。

沒錯，只揮了一劍。對國王而言只是小試身手的一擊，卻導致眾敵潰不成軍。

這就是選定之魔劍；統治一國的君王之力。

「哇……哈，哈～～哈哈！」

方才赤裸裸地企圖背叛國王的二亞見識到〈暴虐公〉的威力後，扠腰高聲大笑。

「看見了嗎，反賊們！這就是國王的力量！欸嘿嘿，國王殿下，您說該怎麼處理這些傢伙嘿噗！」

話還沒說完，二亞便發出奇怪的聲音。原來是國王再次甩了蹭向自己的二亞側臉一巴掌。

「——仔細看。事情還沒有結束。」

「咦……？」

二亞按著腫起的臉頰，抬起頭。

這時，開了一個大洞的城牆正巧吹進一陣風，吹散了仍盤踞在室內的煙霧。

就看見有一名少女依然站在國王前方。

她的容貌與國王十分相似，手裡舉著聖劍〈鏖殺公〉。

「呼……！呼……！」

十香滿臉大汗，用力喘著氣。

因為國王揮下魔劍的瞬間，一股猛烈的衝擊波襲向四周，一擊便震飛了琴里、四糸乃，以及在王都成為新伙伴的折紙等人。

十香受到〈鏖殺公〉的神奇力量所保護，勉強撐了下來，但擋下那一擊的手臂發麻，不知是否基於緊張的關係，全身不斷冒汗。

「哼。看來妳不是平白被〈鏖殺公〉選中呢——十香。」

國王舉著魔劍，從容不迫地說道。

十香聞言，眉毛抽動了一下。

「妳這傢伙……為什麼知道我的名字？」

「妳說呢？」

十香潤了潤因緊張而乾渴的喉嚨，如此說道。國王不知為何表情突然產生些許變化。

「好了，十香，被〈鏖殺公〉選中的人啊，現在就來決定——我和妳，哪個才有資格坐上這個國家的王位吧。」

說時遲那時快，國王膝蓋一彎。

剎那間響起宛如要踏穿地面的巨大聲響。隨後，遠處可見的國王身影一口氣填滿整個視野。

「……！」

當腦袋認知到是國王瞬間逼近時，魔劍早已揮下。

做出反應的不是腦袋，而是身體。十香的反射神經與本能察覺到死亡危險，下意識地舉起〈鏖殺公〉。

——衝擊。〈鏖殺公〉擋下了魔劍一揮便足以粉碎城牆的一擊。

「唔——！」

儘管十香感覺身體就要四分五裂，還是再次揮舞〈鏖殺公〉。

下一瞬間，魔劍的斬擊又迎面而來。若是她反應慢半拍，身體恐怕早已被斜砍成兩半了。

一擊又一擊，十香在極限狀態下憑藉著敏銳的意識擋下國王的攻擊。

於是，在不知受到第幾次的攻擊時，國王發出了讚嘆聲。

「妳是第一個受到我再三攻擊還沒有倒下的人。我讚賞妳——不過，妳還不夠格。國王是支配一切者，妳的劍還不夠無情！」

「妳說什麼……！」

十香露出凶狠的視線，甚至忘記侵襲全身的痛楚，高聲吶喊：

「只會支配才沒資格當國王！無法讓人民幸福，算什麼國王！」

「還以為妳要說什麼呢！結果妳說出的話猶如煙靄般縹緲，如蜂蜜般甜蜜！當妳拔出劍時，就已經放棄了身為人的權利！早已不再有安寧之日，除非斬殺、征服一切！沒錯——就像過去的我一樣！」

「唔……！」

沉重的一擊。十香用〈鏖殺公〉擋下攻擊，同時跳向後方緩和衝擊。

國王直勾勾地凝視著十香，將魔劍的劍尖指向她。

「擁有力量者，難免一戰。無論妳願或不願，戰亂之火都將四處叢生。既然如此，妳該怎麼做？只能擊潰一切。那便是王！身為國王的力量！」

「妳錯了！就算擁有力量，也未必就要施展！應該也能成為與民共存的國王才是！」

「……！」

聽完十香說的話，國王這才第一次皺起眉頭。

「既然妳這麼說——就超越本王吧！然後證明給我看！妳的理想足以讓妳賭上性命！」

「喀！」國王將後腳跟踏向地面。

於是那一瞬間，位於室內最深處的王座產生龜裂，四分五裂後，碎片纏繞住國王手持的魔劍，形成更巨大的劍。

「什麼……！」

「——【終焉之劍（Paverschlev）】！」

國王舉起巨劍，長長的劍身擊碎天花板，瓦礫散落四周。

漆黑的光集中在劍上；無與倫比的壓力。十香本能理解到這一擊揮下，自己與位於謁見室中的所有伙伴都會被抹殺。

「唔——」

十香明知徒勞無功，依舊試圖舉起〈鏖殺公〉，不過大概是累積至今的傷勢所致，十香的動作慢了一下。

魔劍的黑色劍身就要朝十香揮下。

然而——下一瞬間。

「呼喵～～～～！」

一道小小的影子從十香腳邊撲向國王。是那隻原本守在聖劍旁的黑貓。

「什麼……！」

「…………！」

事發突然，國王瞪大雙眼。

一時之間，國王的注意力從十香身上轉向黑貓。

而現場大概只有十香能正確解讀貓叫聲所指的含意。

「呼喚……王座？」

「喵～～！」

十香複誦一遍貓咪發出的話語，半下意識地以後腳跟蹬向地面。

於是那一瞬間，整座城「轟隆轟隆」地開始震動，隨後一把巨大的王座衝破十香的腳邊，顯現而出。

沒錯——那正是深邃森林深處插著聖劍的底座。

王座現身於十香面前的同時，有如國王的王座四分五裂地分解後，纏繞在十香手持的〈鏖殺公〉上，化為一把巨劍。

「【最後之劍】(Halvanhelev)……！」

十香呼喚腦海裡浮現的名字，揮劍而下。

於是，劍光一閃產生強烈的光芒，吞噬了高舉的【終焉之劍】與國王。

「……！」

正面承受聖劍一擊的國王就這麼被震向後方，摔向坍塌的牆壁。

渾身是血躺在地上的孤獨之王。她的模樣淒慘而美麗——又令人感到有些悲哀。

「呼……！呼……！」

用盡全力的十香當場頹倒在地，同樣滿身瘡痍的貓拖著腳步走向她身邊。

「喔喔……多虧有你。」

十香摩挲貓咪的下巴，前方傳來「喀啷」碎石掉落的聲音。

循聲望去，發現國王輕聲嘆息著望向十香。

「……呵、呵。看來我的本領是大不如前了啊。」

然後發出氣若游絲的聲音說：

「……十香，被聖劍選中之人啊，妳……命中注定會成為國王。不過——妳說『即使擁有超越常人的力量，也能與常人共同生活』……是吧？」

國王結結巴巴地問道。

這個問題理應無法草率地回答，但是——十香毫不猶豫地點頭。

「嗯。」

「呵……是嗎？那就讓我見識見識吧，新王統治的時代——」

國王——與十香十分相似的少女第一次嘴角露出輕笑，之後便不再說話。

「國王……」

十香內心湧起一股莫名的感慨，突然垂下視線。在面對面之前憎恨無比的國王，如今卻無法認為她是個單純的惡人。

話雖如此，也不能一直這樣下去。理由很單純，因為剛才被國王震飛的伙伴一一聚集到十香的身邊。

「十香……！妳終於成功打倒國王了！」

「十香——妳好厲害喔……！」

「嗯……可是，這不是我一個人的力量。好險有貓咪的幫助。」

十香如此說道，抱起貓咪。

「呵呵……都是多虧了你，謝謝嘍。」

接著莞爾一笑，親了貓咪一下。

於是下一瞬間，貓咪的身體發出閃耀的光芒，「砰！」一聲發出逗趣的聲音，搖身一變，成了身穿長袍的魔法師。

那是個五官中性，看起來十分溫柔的少年。他有些難為情地苦笑後開口：

「我才要謝謝妳呢——十香。」

「喔喔……！」

面對突如其來的事態，十香瞪大了雙眼。不過，她想起貓咪原本是守護聖劍的魔法師，因為受到詛咒才變成那副模樣。大概是因為打倒國王或是十香親吻了他，才解開詛咒了吧。

「幸好〈鏖殺公〉選擇的人是妳。我是士道，再次請多指教。」

說完，少年微微一笑。十香想起剛才親吻了他，臉頰泛起紅暈。士道大概也從十香的表情推測出她的心情，臉頰跟著微微泛紅。

「總、總之，還有一件事必須解決才行。」

士道說完，彈了一個響指。

於是，原本掉落在地面的瓦礫瞬間消失，暴露出躲在瓦礫後面打算逃之夭夭的魔法師二亞的身影。

「噫～～！住手，不要殺我！你、你誤會了啦，我是受到國王殿下的威脅，迫不得已才……只、只要你放我一馬，我肯定會為你效力！」

「嗚哇，難看到這種地步也是一種才能呢……」

「指摘。是誰仗恃國王的權威，想在城下町喝到飽的？」

「唔唔！」

二亞受到耶俱矢和夕弦的指摘，明顯地動了一下肩膀。

士道瞇起眼睛鄙視地瞪著二亞，一會兒後才嘆了一口氣。

「好吧。不過，從今以後妳要侍奉十香，將妳的能力用在正途。」

「！是、是是的～～！」

二亞猛然跪地，低頭叩拜。士道朝十香眨了眨眼。

「這下收服了一個優秀的魔法師了。」

「竟然。真有你的，士道。」

十香輕聲笑道，用力握拳。

「不過，接下來的日子才辛苦。因為我必須向上一任國王證明我的理想是對的！」

「嗯，那是當然。但我想只要大家齊心協力，肯定——呃，嗚哇！」

話說到一半，士道突然發出驚愕的叫聲。

理由很單純。因為餐桌騎士折紙猛然一個公主抱抱起士道，打算逃跑。

「欸！咦！騎士折紙，妳這是在做什麼啊？」

「我終於找到了我的王子殿下。沒想到竟然是美女與野獸的模式。」

「什麼？這是在演哪齣？」

「喂、喂，折紙！妳要帶士道去哪裡？」

面對突如其來的事態，十香不禁大喊。

新王國的展開，看來是前途多難。

編輯琴里

EditorKOTORI

DATE A LIVE ENCORE 8

某月某日。

阿斯嘉（Asgard）股份有限公司，拉塔托斯克文庫編輯部正忙得不可開交。

「司令……不對，總編！星宮老師的原稿進度已完成百分之九十！還剩五頁就結束了！」

「別報頁數！報時間，時間！」

「四蜜乃老師弄翻畫具，弄髒了兔子手偶，導致作業中斷！」

「唔！立刻派去汙專員過去！」

「總編！連繫不上NATSUKO老師！」

「你說什麼！唔……有可能是突然生病了。椎崎，立刻確認她是否安康！」

「啊！本条老師也連絡不上！」

「又給我落跑了啊，本条──────！」

編輯部聲音此起彼落，呈現宛如戰場的模樣。

不過，這也難怪。

拉塔托斯克文庫是眾多輕小說書系當中歷史悠久的老字號，也是定期發行小說雜誌的少數書系。

不過，如今上述的小說雜誌《佛拉克西納斯雜誌》最終校正已迫在眉睫，還有幾部連載小說和插畫尚未交稿。

「……！」

截稿前本來就夠手忙腳亂了，這次卻比往常嚴重。文庫本也就罷了，連雜誌也面臨開天窗的窘境，簡直是前所未聞的醜事。菜鳥編輯五河士道感受著充滿整個編輯部的緊張兮兮的氣氛，吞了一下口水。

「——士道。」

就在這時，有人呼喚他的名字。

編輯部所在的樓層形狀有點奇特，是呈現將橢圓形剖成一半的形狀。中央有一張桌子，編輯部的人員座位則是圍繞著那張桌子擺放，就宛如科幻作品中出現的戰艦內部的艦橋一樣。

而方才出聲叫喚士道的人，是一名在中央那張桌子旁就坐的少女。

「不好意思，你可以去看一下『上面』的狀況嗎？不是說好下午三點交稿的嗎？」

少女說完歪了歪頭，用黑色緞帶紮成兩束的頭髮隨之搖擺。

顯然比士道——應該說是這個編輯部裡看起來最年幼的少女，這裡卻沒有任何一個人敢看輕她，把她當成小孩。

不過，這也是理所當然。畢竟她就是拉塔托斯克文庫總編，五河琴里本人。

「！好、好的，我這就去確認。」

士道連忙如此回答後，琴里便點了點頭，扯開嗓子，發出讓整個編輯部都能聽見的宏亮聲音說道：

「——沒時間校對了，就在收錄到文庫本時再進行修正吧！每個人負責的作家交稿後立刻把檔案傳給我！本期的《佛拉誌》是三十週年誌……絕不能開天窗！無論如何都要給我生出來！」

「「了解！」」

機構人員……更正，是編輯們俐落地朝她敬禮，如此回應。

士道也依樣畫葫蘆，快步穿過編輯部，來到走廊。

然後直接坐電梯前往樓上的會議室。

但他並不是有會要開，而是那間會議室就像補習班的自習教室一樣，用隔板隔成一個一個的空間，有數名作家正在裡頭和筆記型電腦大眼瞪小眼。

通常作家會在自家、工作室或是咖啡廳等場所寫稿。

但有的作家會在截稿日逼近或是稿子毫無進展時來出版社寫作。

若是用原子筆在稿紙上寫小說的時代也就罷了，在以檔案交稿普及的現代，在哪裡執筆理應都沒有時間上的差距……但也有作者覺得在家會發懶，要有被編輯盯的緊張感才寫得下去。

「我看看喔，夜刀神老師好像在……」

士道東張西望環顧四周，尋找應該已經來到自習室的自己負責的作家，但話才說到一半，他便輕輕屏息。

這也難怪。因為他看見角落的個人空間有一名頭髮烏黑的少女趴在桌上。

「夜、夜刀神老師，您沒事吧！」

「……唔、唔……喔喔，是士道啊……」

士道連忙衝過去，搖晃少女的肩膀後，少女便軟弱無力地抬起頭。

她是輕小說作家，夜刀神清十郎（本名：夜刀神十香）。

擅長撰寫奇幻小說，目前出版的作品是描寫異世界食物的美食輕小說《獸飯》。

「發生什麼事了！該、該不會是生病——」

士道說到這裡，止住話語。

不，正確來說，他的話是被突然傳來的「咕嚕……」巨響所掩蓋。

「……呃，老師？」

「抱歉……再過一下子就能寫完了，但我餓得全身無力……」

說完的同時，十香的肚子再次發出慘叫。士道臉頰流下一道汗水，並且鬆了口氣。

「真是的，別嚇我啦。我去附近的便利商店買些吃的過來，請您稍等一下。」

「嗯……抱歉，麻煩你了。如果有看到黃豆粉麵包就買那個……還有牛奶……買了牛奶就想

吃紅豆麵包……吃了一堆甜的，就想吃鹹的，幫我買收銀機旁邊的肉包……還有泡芙跟炸雞塊、布丁……」

「是要說到何年何月！」

完全是甜與鹹輪番組成。

要是放任她繼續說下去，不知道要幫她買多少東西。士道適時離開房間，去附近的便利商店買完食物後，回到自習室。

「讓您久等了，這些——」

這時，士道肩膀抖了一下。

因為先前趴在桌上的十香融化般無力地靠在椅子上。

「不會吧！」

士道連忙從袋子裡拿出黃豆粉麵包，扔向十香。黃豆粉麵包在空中飛舞，散布著閃閃發光的黃色粉末。

「————！」

於是，原本萎靡不振、死氣沉沉的十香像是上了發條一樣坐起身子，一口咬住黃豆粉麵包。

下一瞬間，十香的眼睛頓時發射出閃耀的光芒，接著以排山倒海的氣勢敲打起鍵盤。

「唔——喔喔喔喔喔喔喔喔喔喔喔喔喔喔喔！」

不知為何使用的是一指神功，而且還是用假名輸入，但速度飛快。

過了約十分鐘，十香打上〔完〕字後，「呼」地吐了一口氣。

「好……完成了！我傳給你，之後就拜託你了！」

「喔喔……！您辛苦了！」

士道如此說完，深深低下頭，接著將裝有其餘食物的塑膠袋遞給十香。雖然在這裡飲食的行為不怎麼值得鼓勵……但今天就暫且通融一下吧。

十香探頭看塑膠袋，眼神閃閃發光。士道再次向她行過一禮後，打算回到編輯部所在的樓層確認是否收到原稿。

不過就在這個時候，自習室靠內側的方向傳來爭吵聲，他因此停下腳步。

「我有什麼辦法啊！改成這樣比較好吧！」

「反駁。就算如此，也不能允許妳這種行為。」

「怎麼了……？」

士道疑惑地皺起眉頭，探頭窺視隔板內。

於是看見兩個長相是一個模子刻出來的少女在瞪著彼此。

「響老師、夕旋老師！」

士道看見兩人後，不由自主地大喊。沒錯，位於那裡的正是擅長撰寫異能大戰輕小說的作家響幻夜（本名：八舞耶俱矢）與負責作品插畫的插畫家夕旋（本名：八舞夕弦）。

「到底發生什麼事了？」

士道詢問後，夕弦便撇過頭不看耶俱矢，回答：

「氣憤。還不是耶俱矢寫完的原稿，後半部分跟一開始提出的大綱不同。」

「唔……唔唔！」

夕弦說完，士道瞪大了雙眼。

「那個，響老師，可以讓我拜讀一下您的稿子嗎？」

「……嗯。」

耶俱矢氣呼呼地將筆電遞給士道。士道將畫面往下捲，快速檢閱原稿。

……的確與事前拿到的故事大綱不一樣。不過，也正如耶俱矢所說，改動後變得比較精彩是事實。

所謂的大綱就是劇情概要，就好比設計圖那類的東西，但實際上卻有不少作家寫著寫著就脫離了原本的劇情設定。若是結果故事變得更精彩倒是無所謂……但這次情況不同。

「提醒。這樣會跟插畫有出入。」

夕弦交抱雙臂如此說道。

沒錯。通常插畫會等原稿完成之後再配合內容描繪……這次由於稿子拖延，就先提供故事大綱給插畫家，小說撰寫和插畫繪製同時進行。

夕弦早已繪製好插畫，如今已沒有時間重畫。

「響老師……故事的確變得比較精彩，可是這樣跟插畫搭不起來。」

士道說完，耶俱矢鬧彆扭似的鼓起臉頰。

「難道你要我故意寫得比較無聊嗎？明知道改成這樣肯定比較精彩！」

「呃，就算妳這麼說……」

「……臨時改變劇情是我不對，但我又沒想到會影響到插畫，有什麼辦法啊……」

耶俱矢眼眶逐漸泛起淚光，並且低下頭。

雖然不能讓故事內容與插畫有出入，但讓好不容易寫出精彩劇情的作家沿用原有的設定未免也太殘酷了。士道低聲沉吟，一臉困擾。

夕弦見狀無奈地聳了聳肩，從自己帶來的包包裡拿出繪圖板，將螢幕秀給士道和耶俱矢看。

「公布。真是拿妳沒辦法。那這樣如何？」

「這、這是——」

「咦……？」

士道與耶俱矢同時瞪大雙眼。

這也難怪。畢竟螢幕上顯示的，是與耶俱矢改寫後的故事內容相符的新黑白插畫。

「咦……這、這是什麼？怎麼回事？」

當耶俱矢目瞪口呆時，夕弦得意洋洋地冷哼了一聲。

「自負。夕弦早就預料到耶俱矢不會滿意原本的劇情大綱，妳以為我跟妳合作幾年了啊？」

「咦……咦咦！不會吧！」

耶俱矢表現出驚愕的模樣。不過，她立刻像是察覺到什麼似的眉毛抽動了一下。

「……既然這樣，妳不會早點拿出來喔！」

「忠言。這是兩碼子事。無法按照大綱寫作的作家拖稿拖到截稿日壓線，簡直是豈有此理。要是插畫家是別人，妳打算怎麼辦？給我好好反省，避免以後再發生這種問題。」

「唔，唔唔唔……」

耶俱矢一臉不甘地發出低吟，不久便垂頭喪氣地呢喃：「……抱歉，謝謝妳幫我解危。」

夕弦瞬間莞爾一笑，拍了拍耶俱矢的頭，然後望向士道。

「確認。那麼，夕弦先將這張插畫傳給你，之後就麻煩你了——當然，沒採用的插畫也請付費。」

「哈哈……那是當然。特地畫出來的插畫，下次要出畫集時也一起收錄進去吧。」

士道擦拭額頭上冒出的汗水說道。「那麼，辛苦兩位了。」他行過一禮後便離開自習室。

不過，竟然預料到劇情會變更，事先畫好兩張插畫……夕旋真是太可怕了。

耶俱矢的確是個經常不按照故事大綱執筆的作家，新繪的插畫也是男女主角正在對話這種能應付各種場面的廣泛性插畫。即使如此，她依然是料事如神，簡直就像雙胞胎姊妹一樣……應該說，明明姓氏相同，容貌也如出一轍，為什麼不是雙胞胎呢？在其他世界的設定，難道不是雙胞胎嗎？

士道思考著這種連自己也覺得莫名其妙的事情，走著走著就走回了編輯部。

於是，琴里似乎發現士道回來編輯部，瞥了他一眼。

「情況如何？」

「嗯，ＯＫ。雖然出了點小問題，但《獸飯》和《原始創世颶風騎士》都交稿了！」

「很好……！」

琴里握拳做出勝利姿勢。

「剩下的事也麻煩你了，士道。」

「好的！」

士道用力點頭後回到自己的座位，面向電腦。

打開信箱，確認十香、耶俱矢和夕弦寄來的原稿。

「哦？」

就在這時，士道眉毛抽動了一下。因為他收到了新郵件。

寄信人的名稱是「五河折紙」。她是士道負責的作家之一，正在連載描寫作家與編輯之間關係的職場愛情喜劇《Writing!》。

……順帶一提，她的本名是鳶一折紙。雖然在決定筆名時說過姓氏和士道、琴里一樣會容易混淆，但不知為何她堅持用這個筆名。

郵件附上了原稿檔案。看來她也趕上了。

「喔，折紙老師也完成了啊。太好了、太好了。」

士道吐了一口安心的氣，並且打開檔案檢視內容。

「…………嗯？」

不過，他在途中停下滑動滑鼠滾輪的手指。

理由很單純。因為故事的後半段，男主角志堂(Shido)和女主角織神(Origami)（兩人名字的發音都很耳熟，但折紙堅持純屬偶然）不知為何突然上演激烈的床戲。

「這、這是怎樣啊……！」

《Writing!》的確是戀愛喜劇沒錯，必須描寫讓讀者臉紅心跳的場面，有時也會加入比較色情的插畫。

不過，這次原稿描寫的劇情已經超越了那種程度，將兩人行魚水之歡的過程描寫得十分露骨黏膩，呈現過度煽情的文章，已經可以歸類為色情小說，而非輕小說了。

就算時間再少也無法就這麼刊載上去。士道連忙打電話給折紙。

於是，電話響不到一聲就接通了。接通速度快得令士道有些吃驚。

『喂，我是五河。』

「喂、喂？……我是五河。」

士道每次都對聽見對方報上自己姓氏一事感到不適應，他清了清喉嚨，接著說：

「折紙老師，先跟您說聲趕稿辛苦了……我檢閱了一下內容，發現後半部有點太過刺激，能不能請您描寫得稍微隱晦一點呢……？」

『具體來說是指哪個部分？』

「呃……從二十五頁的第三行開始……」

『我是文科的，對數字不太在行。你把那一段大聲唸出來給我聽。』

「呃，這跟是不是文科沒關係吧！」

『大聲唸出來。』

折紙態度淡然卻不容分說地接著說。士道只好開始朗讀螢幕上顯示出的文章。

「……志堂目睹織神美豔的風姿，一股難以抗拒的情慾在他心中翻騰。身為雄性的本能，咆哮著要自己帶給這女人肉體上的愉悅。等他回過神時，早已撕破織神的衣服。面對志堂粗暴的愛撫，起初反抗的織神也漸漸……」

『…………』

折紙一語不發地聆聽，不知為何感覺她的呼吸變得有些急促。

士道臉頰流下汗水，繼續唸下去：

「……志堂不斷地朝織神的私處發洩自己狂暴的獸慾。『啊～～……好棒，太棒了，織神的——』……」

『怎麼了？繼續唸。』

「啊，呃，那個……」

『繼續唸。』

折紙喘著氣說道。

正當士道感到為難不已時，手上的話筒突然被人搶了過去。

「咦？」

轉頭望去，發現琴里不知何時站在那裡。她把從士道手中搶來的話筒貼在耳邊，以眼神示意「這裡交給我」。

「——折紙老師您好，我是總編五河……是的、是的。敝公司的五河對您失禮了，他還不成熟。公司會先花一些時間來指導他，避免他再次犯下像這次一樣的失誤，換成其他編輯來負責您……什麼？啊啊，是這樣嗎？我了解了。那麼，等候您的回覆。」

琴里如此說完，放下話筒，然後聳了聳肩，面向士道。

「她說會立刻修改原稿寄過來。」

「咦……咦咦！」

聽見琴里說的話，士道一雙眼睛瞪得老大。

這也難怪。因為她竟然只花了短短十幾秒便說服了那個頑固的折紙。

不過，剛才的對話包含了令人在意的話語。士道猶豫不決地開口詢問：

「那、那個……折紙老師的責任編輯要換人嗎？」

「怎麼會。要是把你換掉，折紙老師一行都不會寫了。」

「什麼？咦，可是剛才……」

士道提出疑問後，琴里便從鼻子呼了一口氣。

「這個嘛，一言難盡啊……啊，跟折紙老師開會時，記得要使用開放空間，不要選擇密閉空間。」

「咦？好、好的……」

就在士道歪頭表示疑惑時，收件匣收到了一封新郵件——是折紙寄來的。看來是原稿修改完畢了。剛才通話完還不到一分鐘，速度快得宛如早就準備好修改後的原稿。

「折、折紙老師的原稿寄來了。」

「……是嗎，果然啊。反正來得及就好——現在時間寶貴。還剩下幾個人？」

「啊，是的。我看看……還剩下宵待老師跟白井老師兩個人。宵待老師有寄信來說她會在晚上六點前完成，我先打電話給白井老師，詢問她稿子進度——」

「……！」

士道說到這裡，琴里不知為何肩膀抖了一下。

「原、原來如此。那過一分鐘後再打電話給她。」

「咦？為什麼？現在不是一分一秒都不能浪費嗎……」

「少囉嗦！還、還有，我離開座位一下，麻煩你處理了！」

琴里單方面滔滔不絕地說完便快步走出編輯部。

士道目瞪口呆地目送她的背影後，姑且按照吩咐等了約一分鐘才打電話。

電話響了幾秒後，話筒傳來一道精神奕奕的聲音。

『——喔～～！喂，哥哥？』

白井雛，是位無比熱愛兄妹題材的作家。書寫的種類雖廣，但主角清一色全是有妹妹的哥哥，或是有哥哥的妹妹。當然，現在連載的作品《沒有血緣關係的妹妹才能結婚啊！》，顧名思義也無庸置疑是部兄妹愛情喜劇。

順帶一提，「哥哥」是小雛呼喚士道時的稱呼。一開始聽到有些吃驚，但聽了好幾次後有種莫名契合的感覺……該不會兩人在前世是兄妹吧？

「喂？我是五河。白井老師，請問您稿子寫得怎麼樣了？」

士道說完，小雛發出不滿的聲音說：

『你又見外了～不是要你別那麼恭敬嗎？』

「呃，可是……」

『唔～……』

「…………小雛，稿子寫好了嗎？」

士道語帶嘆息地如此說道，小雛便以在話筒另一端也能感受到的愉悅語氣回答：

『這個嘛，快寫好了！』

「這樣啊。大概幾點可以完成？」

『嗯～……我想想，要是哥哥你能給我個獎勵之吻，我好像就有努力下去的動力了！』

「哈哈……」

聽見小雛說的話，士道苦笑。

第一次聽見時著實嚇了一跳，但這句話算是她每次截稿必說的話，類似問候語吧。雖然答應過她好幾次，事實上士道一次也沒有實踐他的獎勵之吻。

應該說，重點在於她神祕得不只沒開過簽名會，連出版社舉辦的感謝會都不曾出席，因此士

道也沒有直接遇過本人。

「喔，我答應妳。所以，加油吧。」

『嗯！我馬上寄給你！』

士道說完，小雛便精神百倍地如此回答，接著掛斷電話。士道確認她掛斷電話後，也放下了話筒。

於是過沒多久，剛才離開的琴里便回到了編輯部。

經過士道座位附近時，琴里身上穿的外套的口袋裡掉出了某樣東西。士道彎下身子把東西撿起來。

「總編，妳東西掉了。這是……」

琴里掉落的是可愛的白色緞帶。就總是用黑色緞帶綁頭髮的琴里來說，這顏色倒是滿稀奇。

「……！」

瞬間，琴里猛然瞪大雙眼，以迅雷不及掩耳的速度將緞帶一把搶了過去。

「你、你看見了嗎！」

「啥……咦，呃，看見什麼？」

士道歪過頭表示疑惑，琴里肩膀便赫然晃了一下，將緞帶塞進口袋。

「沒、沒事。」

「是嗎……啊，可是那緞帶很可愛喔。雖然跟平時的印象不同，不過看起來很適合妳。」

「你不是看見了嗎！」

琴里發出變調的聲音。原本手忙腳亂忙著工作的編輯們投以好奇的視線。

「唔唔……」

琴里大概是發現了，一臉難為情地羞紅了臉頰，縮起肩膀。

這時，一名身材高挑的男子正巧走了過來。他是拉塔托斯克文庫的副總編，神無月恭平。

「總編，不好意思在您忙亂的時候打擾您。」

「我、我哪有忙亂啊！……找我什麼事？」

琴里撇過頭掩飾羞紅的雙頰並詢問後，神無月便聳了聳肩，接著說：

「我試著聯絡本条老師幾次，但她沒有回信，手機好像也關機了。」

神無月說完，琴里的眉毛便煩躁地抽動了一下。

「啊啊，真是的——」

於是，神無月像是從這微小的表情變化察覺到她的心情，轉過身同時將屁股翹起來。

下一瞬間。

「——都火燒屁股了，本条到底還想怎樣啊！」

隨著怒吼聲伸出的琴里的掌心「啪！」的一掌用力打在神無月的屁股上。

「啊嗯～～！多謝賞賜！」

「……！總編，妳這是在幹什麼啊！」

士道驚慌失措地說道，剛才屁股挨了一巴掌的神無月便氣喘吁吁地阻止他。

「噢，原來士道還不知道啊。沒事啦，我的給薪制度是『底薪＋每月五次的特別津貼』。」

「……特別津貼？」

「沒錯。總編會特別用她的『金』手『貼』到我的身體，補助我的需求。」

「…………」

士道心想，他搞錯津貼的意思了吧。但總感覺神無月一臉感到十分滿足的模樣，因此不忍指摘他。

而發完津貼的琴里不怎麼介懷地嘆了一口氣。

「那個人還是死性不改呢。才華洋溢，但每次截稿都搞這招的話實在令人傷透腦筋呢。」

插畫家兼漫畫家的本条蒼二（本名：本条二亞），從好幾年前就是支撐拉塔托斯克文庫的泰斗級大師之一，她的精美插畫吸引了無數粉絲……無奈的是，她的個性實在難以說是嚴謹，經常在截稿前銷聲匿跡。

「沒辦法了……雖然我不想用這一招……」

琴里憤恨不平地咬著大拇指指甲，走向自己的辦公桌，拿起小型電子裝置回到士道身邊。

「士道，不好意思，你到這個電子裝置顯示反應的地方去抓本条老師。」

「好的……呃，咦？」

由於琴里說得太過自然，令士道不禁差點就點頭答應……不過半途卻發現有哪裡不對勁。

形似小型電腦的電子裝置，液晶螢幕上顯示出詳細的地圖，地圖上有一個紅點閃閃爍爍。是在偵探或間諜類作品中常見的裝置。「噫！」士道不禁屏住呼吸。

「總、總編，這該不會是GPS——」

話音未落，士道的嘴巴就被一把摀住。

琴里露出詭異的微笑。

「討厭啦，別把話說得那麼難聽嘛。我好歹是上市公司的職員，怎麼可能沾染這種犯罪行為。編輯可以不遵守的法律只有勞工基準法吧？」

「呃……可以的話，希望也能遵守勞工基準法……」

士道臉頰流下一道汗水如此說道，琴里便維持笑容，將電子裝置塞給士道。

「聽好了，這才不是什麼GPS，而是編輯擔心突然失聯的作家是否安全的純潔之心引發了奇蹟。世界如此美麗。OK？」

「O……OK……」

士道被琴里的氣勢所震懾，點了點頭，但立刻發出「啊」的一聲，改變了念頭。

「啊，可是，我必須等小雛……不對，是白井老師的稿子才行……」

「喔喔，她馬上就會交稿了，別擔心。」

「咦？妳怎麼會知道？」

士道一臉納悶地如此問道，總編便赫然瞪大雙眼。

「是、是我總編的直覺啦！總之，你快點去把本条給我抓過來！」

士道被琴里拍了一下屁股（得到這出乎意料的特別津貼，神無月以羨慕的眼神凝視著士道），腳步磕磕絆絆地走出編輯部。

◇

「呃……請在這附近停車。」

經過約二十分鐘後，在公司前面招了一輛計程車的士道依靠電子裝置上顯示的反應，來到了鬧區。

他付給司機車費，下了計程車後，巡視電子裝置的螢幕與四周的店家。

在周圍尋找了一會兒後，士道發現與反應一致的店家。

「這裡是……」

他望向店家招牌，臉頰不斷抽搐。

「俱樂部　I Mine Me」。

那裡是女性坐檯接待客人的餐飲店——也就是所謂的酒店。

「…………」

說來丟臉，士道從來沒有光顧過這類店家。不過，既然顯示反應，就只能硬著頭皮進去了。

他毅然決然地走下樓梯，打開沉重的店門。

「歡迎光臨～～！」

一踏進店裡便傳來酒店少爺精神奕奕的聲音。

「一位嗎？有指名的小姐嗎？」

「啊，沒有……我朋友先來了……」

士道以生澀的語氣如此說道，環顧幽暗的店內。

結果，靠近內側的座位傳來——

「呀～～妳是插畫家啊？好厲害喲～～」

「咦咦～～好想請妳幫我畫肖像畫喔～～」

「啊～～好詐喔～～人家也要～～」

「欸嘿嘿……好啊好啊～～不過啊，要畫得傳神，關鍵在於理解對象。不只要用眼睛觀察，用手觸摸也很重要。具體來說，像是摸這邊……」

「呀～～！老師好色喔～～！」

……這類的對話。

嗓音尖銳的女聲中混著一道熟悉的聲音。

循聲望去，便看見被身穿華麗洋裝的少女們包圍，一臉心滿意足的二亞。

「……本条老師，妳在幹什麼啊？」

「——喔噗啊！」

士道一臉僵硬走向二亞，二亞便做出有如漫畫的反應，將身子向後仰。

「少年！你怎麼會在這裡！」

「這個嘛……因為擔心失聯的老師是否安全，女神就降下了啟示。」

士道挪開視線，語氣平板地說道，二亞便以不知是認真還是說笑的語氣回答：「真的假的～～原來我有神明保佑啊～～……」接著搔了搔頭。

「總、總之，校稿時限快到了，請快把插畫交出來！不快點的話，就來不及——呃，嗯？」

說到這裡，士道發現了一件事。原來現場除了二亞，還有其他人。

「快點～～七罪也來喝一杯嘛。這瓶香檳喝起來很順口，最適合灌醉女孩子……不對，超級好喝喲～～」

「……不，我不喝。絕對不喝……」

二亞坐的沙發邊邊有一名開心地說話的少女，和一名被她糾纏的少女身影。

她們分別是正在連載人氣百合愛情喜劇《因為一點小事和姊姊大人互換了身體，於是我決定先享用內褲再說》的作家宵待百合（本名：誘宵美九），與和二亞一樣失聯的插畫家NATSUKO（本名：七罪）。

「宵待老師，NATSUKO老師！怎麼連妳們兩位都在這種地方！」

士道大喊後，兩人這才終於發現士道的存在似的抬起頭。

「啊！達令！你來了啊。呵呵呵，原來你也愛來這種地方啊～」

「……喂，可別誤會了喔，我是……正要寄插畫過去時，這兩人來到我家，半脅持我到這裡的……」

美九「呵呵呵」地笑道，而七罪則是拚命辯解。

……想必七罪的說辭是事實吧。說到「NATSUKO」，不僅畫功精湛，能應付指定的細節，又能堅守截稿日，在業界也是風評很棒的插畫家。這次之所以會拖到快截稿，也是因為感冒臥病在床了一陣子。與本条不一樣，完全不一樣。

「……好的，別緊張，我明白。插畫已經畫完了吧？」

「嗯……畫完了。等我回到家馬上就能寄給你。只要你能想辦法攆走這兩個傢伙……」

說完，七罪斜眼看向摟住酒店小姐的二亞和糾纏自己不放的美九。士道嘆了一大口氣。

「本条老師，您插畫畫好幾張了？」

「咦～～……？喵、喵哈……」

二亞臉上浮現曖昧的笑容。士道頭痛不已地將視線移向美九。

「……宵待老師您呢？進度如何？」

「唔嗯……該怎麼說呢～～你想嘛，寫稿時基本上都是一個人不是嗎～～寫到一半，女孩子含量不足～～人家就來這裡補充了～～」

美九找藉口似的如此說道。士道再次嘆了一大口氣。

「總之，請您馬上回去寫稿。如果在家裡寫不下去，可以到我們公司寫。」

「就算你這麼說，寫不出來就是寫不出來嘛～～……啊啊，要是責編至少是個可愛的女孩子，人家就有動力寫稿了……」

說完，美九一臉遺憾地嘆了一口氣。士道額頭冒出汗水，露出為難的表情。

「別強人所難了。因為這種理由更換責編，總編也不會答應。」

「咦咦？不不不，誰說想換責編了呀～～達令那麼盡責，人家才不想換呢～～」

「咦？可是妳剛才……」

士道歪過頭表示疑惑，美九便以少女般的動作用雙手撐住下巴，接著說：

「唉～～『要是責編是個可愛的女孩子就好了』～～」

「…………」

美九不過是複誦剛才說的話，但不知為何士道感覺胃部湧起一股涼意。

士道彷彿受到一股異樣的魄力壓迫，往後退了一步。結果，背撞上了某種東西。

「什麼……！」

他屏住呼吸，望向後方，便看見直到剛才還坐在二亞兩側的酒店小姐們準備好華麗的晚禮服和假髮等各式各樣的化妝道具，站在那裡。

「好的～～一位客人入場～～」

「感謝您的指名～～」

「不用擔心，錢已經付了～～」

說完，三人露出燦爛的微笑。

這時士道才終於發現，原本打算來找二亞的士道在不知不覺間落入美九設的陷阱。

「妳算計我，美九……！」

士道在美九面帶微笑揮手目送下，被拖進了休息室。

……然後過了三十分鐘。

身穿禮服，頭戴假髮，臉上頂著妝容，被打扮成女裝的士道羞紅著臉頰回到原本的座位。

「呀～～！人家猜想得沒錯！總覺得達令一定很適合女裝扮相～～！這是為什麼呢！莫非人家有超能力嗎～～！」

「唔哇哈哈哈哈哈哈哈哈！少、少年你好可愛啊～～～～！第一紅牌就是你啦～～！」

「…………………我的天啊。」

「NATSUKO老師，拜託妳，不要一副嚇到的樣子……！」

比起興奮喧鬧的美九和哈哈大笑的二亞，七罪的反應最令人受傷。士道不禁淚眼汪汪地發出哀號般的聲音。

不過，美九與二亞完全沒把士道的心情放在心上，把他拉到兩人中間坐下，吵嚷了起來。

「欸欸，達令，你要喝什麼～～人家都請你喝！啊！要不要玩吃巧克力棒遊戲～～？」

「哎呀～～真是大變身啊，少年……這麼說好像也很奇怪喔。你要取什麼花名？你本名叫士道，所以叫士織如何？」

「呀～～！宛如上輩子就已經決定好一樣，真是太適合了～～！」

美九與二亞無比歡樂地用手肘頂了頂士道。

不過，士道總不能一直擺出柔弱少女的模樣。他露出凶狠的眼神來回瞪視兩人。

「宵待老師！說到做到喔！我都做到這種地步了，您可要好好寫稿才行！本条老師也是！」

於是，美九和二亞目瞪口呆，面面相覷後，同時從包包裡拿出平板開始操作。

「好了，傳送完畢～～」

「人家也ＯＫ了。你之後再確認吧～～」

「「……什麼！」」

聽見美九與二亞說的話，士道與七罪異口同聲回應。

「這、這是怎麼回事？妳們兩位都完成了嗎……？」

「咦？不不，人家怎麼也想不出最後一行該怎麼寫……多虧士織，人家才終於完成了～～」

「最後一行不是〈完〉嗎！」

「我也是啊，怎麼樣都提不起力氣按下傳送鍵……」

「…………」

聽完兩人的辯解，士道臉頰不停抽搐。望向對面的七罪，只見她也露出類似的表情。

……話雖如此，稿子完成還是一件可喜可賀的事。士道將從喉嚨深處湧起的不滿嚥了回去，從座位上站起來。

「……辛苦兩位了。那我們走吧，NATSUKO老師。」

「……好的。」

七罪也露出跟士道同樣疲憊的神情，當場站起來。

然而那一瞬間，美九和二亞拉住了士道和七罪的手。

「咦～～有什麼關係嘛～～！好不容易交稿了，我們來慶祝嘛，慶祝～～」

「就是說嘛～～！好了，七罪也一起慶祝！」

「什……喂，交稿的是兩位，我還有事情要做……！」

「話說，只有我還沒交稿——呀啊啊啊啊啊！」

兩人的聲音被酒店裡的背景音樂與厚厚的牆壁遮住，傳不到外面。

◇

「——好，這樣就校正完畢了！大家辛苦了！」

晚上十一點。

編輯部響起琴里宏亮的聲音。

「「辛苦了……！」」

編輯人員如此回答，並且響起稀稀落落的掌聲。

「趕上……了……」

士道聽著這些聲音，緊張的情緒一口氣放鬆下來，全身無力地趴在桌上。

結果在那之後，他被迫陪了美九和二亞一陣子，接著換下女裝，讓七罪回家，自己則是回到編輯部，檢查收到的各種原稿、排版、送印，好不容易才完成上述工作。

美九和二亞在勉強能趕完這些工作的時間放人，令士道強烈認為自己自始至終都被兩人玩弄於股掌之間。

……本來在作家交稿後當天校正完畢送印這種事是十分荒唐的，但似乎憑藉阿斯嘉股份有限公司驚異機制的運轉下，得以設法完成……這間公司是不是有什麼魔法裝置啊？

總之，總算度過了《佛拉誌》三十週年紀念號差點開天窗的最大危機。士道嘆了一大口氣。

「──好了，剩下的事情我來處理就好，大家可以回家了。明天還要工作，不要因為度過這次的難關就鬆懈下來了。」

琴里拍了拍手如此說完，編輯們便回答：「「了解！」」隨後傳來大家收拾東西準備回家的聲音。

「…………」

不過，士道依然趴在桌上不動。超越極限的疲勞與工作結束的安心感，使得他全身無力。

然後──不知道經過了多久。

「哎呀。」

士道背後傳來這樣的聲音——是琴里。

「士道，你還沒回去啊。」

「是啊……總編。」

士道搖搖晃晃地撐起身子。

辦公室已不見其他編輯的身影，有一部分的燈光也已關掉。士道可能不小心睡了一陣子。

「呵呵，你好像很累呢。不過，今天這種情況也是無可奈何吧。」

「你等我一下。」琴里微微一笑如此說道，到走廊上的自動販賣機買了兩罐咖啡。

「辛苦了。」

她說出這句話後，將其中一罐遞了過來。

「啊，謝謝。」

士道接過咖啡後啜飲了一口，「呼」地吐出一口氣。

琴里也做出相似的動作，吐了一口氣。

兩人不約而同地相視而笑。

「……話說回來，今天真的很驚險呢。拜託以後別再搞這齣了。」

「是啊……稿子是檢查過了，但是沒有校對，老實說，很害怕有錯字。」

士道苦笑著再次喝了一口咖啡。

「不過，這次作家們也嚇到了吧，以後應該不會再拖到最後一刻了。」

「你太天真了。所謂的作家，是只要闖關成功過一次，就會認為下次也有辦法過關的生物。壓線交稿後的下個交稿日，反而才應該特別警戒。」

「是、是這樣嗎……」

士道臉頰流下一道汗水，琴里便呵呵笑了笑，接著說：「話雖如此──」

「原稿的品質有維持住還真不是蓋的呢。這次大家寫的作品也非常精彩，尤其是夜刀神老師，寫得真好。沒想到竟然能以那種方式來烹調龍尾……」

「是啊，說的沒錯……不過，要餓肚子才會冒出靈感，卻也要吃飽才有力氣寫稿，這一點實在很麻煩呢。」

「啊哈哈，沒錯──所以？你覺得這次誰寫的稿子最有趣？」

「咦？這個嘛……」

被琴里這麼一問，士道發出低吟，苦惱了一番。

每個作家寫的稿子都很棒。就像琴里說的，十香寫的調理方式令人驚豔，耶俱矢描寫的戰鬥震撼人心，折紙和美九的原稿也一如往常天馬行空。

不過，若要問誰寫的最有趣──

「白井雛老師……吧。」

「……唔咦！」

士道一吐出這個名字，不知為何琴里便發出奇怪的叫聲。

「總編，妳、妳這是怎麼了？」

「不，沒有，沒事。你繼續說下去。」

「好……每次兄妹之間的對話都好笑得令人噴飯，而且這次劇情不只搞笑，還有哥哥帥氣的場面和有點感人的地方。這部分有如畫龍點睛，把整個故事整合得很完美。」

「哦，這樣啊……還有呢、還有呢？」

琴里莫名臉頰泛起紅暈，催促士道繼續說下去。

士道儘管感到疑惑，還是接著說：

「她本來文筆就好，這次算是見識到她的真本事吧……尤其故事發展到中間階段時，哥哥扮黑臉維護妹妹的地方，簡直是神來之筆。」

「……這、這樣啊。」

琴里忸忸怩怩地游移著視線，一副欲言又止的樣子。

「總編？」

「！啊，啊啊，嗯。我有在聽……話說，既然你覺得那麼好看，就打個電話給白井老師，直接跟她說吧。」

「咦？嗯，說的也是。不過，時間已經很晚了，明天再……」

「沒事的，作家基本上都是夜貓族！最好快點告訴她你的感想比較好吧？」

「是、是這樣嗎？那我就打了……」

士道拿起手機後，琴里慌慌張張地搖了搖頭。

「喂！等一下！等一分鐘後再打！我離開一下！」

琴里以不由分說的語氣連珠炮似的說完，直接走向走廊。

「……？」

士道一臉狐疑地啜飲剩下的咖啡，等了一會兒才開始打電話。

於是，話筒傳來精神飽滿的聲音：

『喂！哥哥？這個月寫的短篇有趣嗎？』

「喂……呃，妳怎麼知道我想跟妳說這個？嗯，非常有趣喔。」

『欸嘿嘿，這樣啊～～我好高興喔～～我對這次寫的故事很有自信喔～～』

小雛打從心底感到開心地如此說道。士道也跟著勾起嘴角微笑，一邊講電話一邊走到走廊丟

喝完的咖啡罐。

這時，小雛像是想起什麼似的接著說：

『——啊，那哥哥，約好的獎勵之吻呢？』

「咦？」

『咦什麼咦，不是說好了要獻吻嗎？在電話另一頭也可以親吧？』

「哈哈……真是傷腦……筋……？」

就在這時——

士道止住了話語。

不過，這也是理所當然的事。因為士道走到自動販賣機旁的垃圾筒丟空罐時，發現垃圾筒後方是用白色緞帶紮起頭髮，拿著手機的琴里。

「好嘛～快點親嘛～」

她發出嬌滴滴的聲音，說的話和士道從話筒裡聽見的一模一樣。

「……總、總編？」

「咦……？」

士道發出顫抖的聲音說道，琴里似乎也總算發現了士道的存在。

「…………」

「…………」

經過片刻的沉默後。

琴里發出不成聲的聲音。

「────────！被、被你發現了……！」

然後淚眼汪汪地將緞帶換成黑色（大概是太心急了，只換了一邊緞帶），不斷捶打士道。

「喂……很痛，很痛耶，白井老師。」

「別叫我白井老師～～！」

「抱、抱歉，小雛……」

「……！我的意思是叫你喊我總編啦！」

「！不、不好意思……！」

琴里捶打了士道好一陣子後才踉踉蹌蹌地癱坐在地。

「啊，啊啊……我、我完蛋了。要是讓別人知道魔鬼總編竟然在寫那種甜蜜小說，還對編輯說出這種愚蠢的話，我還要不要做人啊……」

然後黯然淚下。那副模樣絲毫感覺不出她平常威風凜凜的姿態。

沒錯，即使目睹震撼人心的現場，依舊令人難以置信……看來，總編五河琴里與作家白井雛似乎是同一人物。

「咦，呃……」

由於事發突然，士道的頭腦一片混亂。為何總編兼當作家；為何自己是她的責編；除了白井雛這個筆名以外，自己連她的本名和住址都不知道等等，士道的腦海裡交錯著各式各樣的想法，已經令他頭昏腦脹了。

唯一能確定的是，士道十分尊敬總編五河琴里與作家白井雛，以及她因為自己的身分曝光而哭倒在地這兩件事。

「…………」

士道下定決心般握起拳頭，端正姿勢，面向琴里。

「——幸會，我是您的責任編輯五河士道，白井老師……不，小雛。」

「……！」

士道說完這句話，琴里肩膀一震，戰戰兢兢地抬起頭。

「士、士道……？」

「正如我剛才說過的，我覺得小雛的小說是這次作品中最精彩的。」

「……你、你沒有鄙視我嗎？」

「我怎麼可能鄙視妳，我可是妳的頭號粉絲耶。」

「…………！」

琴里倒抽一口氣，不久後吐了一大口氣，慢慢從地上站起來。

「……謝謝你。」

「嗯，我才要謝謝妳。感謝妳總是寫出這麼精彩的故事。」

「……嗯。」

琴里難為情地點了點頭，瞥了一眼士道的臉。

「……總之，這件事不准告訴其他人。」

「哈哈……了解。」

士道笑著回答後，琴里便用襯衫袖子擦拭眼淚，這才終於破涕為笑。

不過，她立刻像是想起什麼似的，再次羞紅了雙頰。

「……電、電話的內容……也要保密喔。」

「電話的內容？」

「……像是叫你哥哥，或是情緒異常高漲…………還有，獎勵之類的。」

「啊……」

說到獎勵，士道也跟著臉頰泛紅，然後心慌意亂地用力點點頭。

「那、那是當然，我會保密的。」

「……嗯。到了明天就給我忘得一乾二淨，用平常的態度對待我。」

「好、好的。」

「…………」

士道回答後，琴里沉默了片刻，瞥了一眼自己的手錶。

接著像是有些難以啟齒地動著嘴角，毅然決然地抬起頭。

「……然後啊——」

「是的。」

「你到了明天真的會把事情忘得一乾二淨吧？」

「那是當然。」

「…………離『明天』只剩五分鐘。」

「咦——」

士道聽了琴里說的話，一雙眼睛瞪得老大。

不過，從她的表情和微微顫抖的指尖可推斷出她的意圖。

「……！」

士道深呼吸好讓心情平靜下來後，慢慢舉起手，抓住琴里的肩膀。

「……小雛……」

士道呼喚她的名字後，她便鬧彆扭似的瞪向他。

「……不該這樣叫我吧，那是筆名耶。」

「那、那麼……總編？」

「也不是！」

「…………琴、琴里。」

「嗯……」

琴里總算滿意地點點頭，倏地閉上眼睛。

——在夜晚的編輯部，四脣相交的吻帶點微苦的咖啡味。

藝妓六喰

GeisyaMUKURO

DATE A LIVE ENCORE 8

「──哇。」

五河士道一踏入這座城鎮，便不禁發出驚嘆聲。

穿過美侖美奐的大門後，擴展在眼前的是與以往的街景氣氛截然不同的空間。

大道兩側並排得密密麻麻的建築物裝設著格子狀的大窗，窗內站著好幾名打扮妖嬈的女性。每個行人皆以有些熱情的目光打量著那些女性。

這是一種人人都宛如沉醉於春煦的異樣空間。

不過，這也難怪。因為士道造訪的是情色與慾望翻騰，天下有名的煙花之地──天宮遊廓。

「呵呵呵～～你在緊張什麼呀～～」

當士道對街上的氣氛感到畏怯時，突然有人拍了他的背。

是士道的同仁，誘宵美九。她身穿與士道相同的藍色窄袖和服，外加一件黑色的外褂，腰間佩戴著幾乎不曾出鞘的逆刃刀與腰刀。

「我、我哪有緊張。」

「少來了～～用不著逞強啦～～每個人第一次都是這樣的～～」

說完，美九調侃似的笑了笑。士道撇了撇嘴。

「啊～～不要生氣嘛，達令。人家只是開開玩笑～～」

「我才沒生氣……話說，我從以前就有個疑問，妳說的『達令』到底是什麼意思？」

「咦？啊～～是傳教士用語，肯定是指美男子那類的意思吧。」

「……是嗎？」

士道滿心懷疑地盤起胳膊……不過若是深究下去，感覺就不得不吐槽打扮成武士的美九的設定，因此他決定先接受這個說法。

「別管了，我們走吧。達令也終於要轉大人了——」

「……這種事不要大聲嚷嚷啦……！」

士道羞紅著臉，摀住美九的嘴。不過，似乎還是被幾名路人聽見了。「哈哈哈，加油啊，小哥～～」受到不怎麼令人開心的聲援。

沒錯。今天士道他們來到這裡的理由只有一個。就是即將滿十七歲卻還沒嘗過女人滋味的士道，被美九半強迫地拉到這裡來。

老實說，士道本人沒什麼興致，但武士十五便成年，這年紀就算成家也不足為奇，總不能一直當個長不大的小孩。

「好了，我們該光顧哪家店呢？去有亞衣、麻衣、美衣這三個招牌女郎在的『亞麻美屋』捧場也行，但日依太夫的『日依屋』也難以割捨呢。啊啊，不過考慮到你是第一次，年長的姊姊應

該比較好吧？那麼『珠屋』也……」

美九一邊折起手指計算一邊露出不端莊的傻笑。士道瞇起眼睛，臉頰流下汗水。

「……妳還真清楚呢。」

「那是當然！人家九成的俸祿都貢獻在這裡了！刀鞘裡裝的早就是竹刀了！這個月一樣必須靠兼差才能糊口！」

「…………」

面對自信滿滿直言不諱的美九，士道不由得露出苦笑。她無庸置疑是個浪蕩子，但不知為何看起來卻有點瀟灑，還真是傷腦筋呢。

就在士道與美九一邊談論著這樣的話題一邊走在街道時，看見前面聚集了一群人。

「嗯……？到底發生什麼事了？」

「啊，該不會是……」

美九察覺到什麼似的瞪大雙眼，拉起士道的手，撥開人群前進。

「喂、喂，妳幹什麼啊，美九？」

「別問那麼多了，搞不好可以看見精彩的畫面喲～～」

「精彩的畫面……」

就在這時，士道止住了話語。

因為擠到人牆的前排，便看見一名身穿華麗和服的花魁帶領著數名花魁侍女「禿」與見習遊女「新造」，以優雅的動作姍姍慢步於街道中央。

梳整美麗的頭髮；每走一步便會若隱若現的白皙後頸；以黑色高跟木屐描繪獨特外八字的雙腳。

是傳說中的花魁道中。目睹那副太過美麗的模樣，人人無不屏息凝氣或發出讚嘆聲。

「————」

士道也不例外。花魁走在兩旁皆是人牆的路上，他望著花魁的側臉，一時之間看得出神。

花魁年紀尚小，說還是禿也不為過。不過，她那威風凜凜的風格與美麗的容貌，無疑營造出太夫的韻味。

「…………」

但是不知為何，她的側臉令士道感覺有點突兀。

她的雙眸映出的感情與她的裝扮相反，總有些鬱鬱寡歡——

「呀～～！太走運了～～沒想到竟然能看見六喰太夫。」

這時，美九發出尖叫聲。士道瞥了她一眼。

「六喰太夫……？」

「沒錯。她可是高級青樓『本条樓』引以為傲的絕世傾城喲～～明明一直拒絕接客，卻還是爬到店裡的頂尖紅牌，締造了傳說。」

「這、這有可能嗎？」

「照理說是不可能啦，不過，你看看她那美麗的容貌和雄偉的雙峰。聽說有好幾位藩主和大商家的老闆被她這些優點吸引，奉獻了大把大把的銀子呢。還沒有人碰過這一點，可能反過來變成附加價值了。甚至大家都在打賭，究竟是誰能虜獲六喰太夫的芳心呢。哎呀～～真是大飽眼福啊，看到好東西了。」

說完，美九一副樂開懷地扭動身軀。

不過在這段期間，美九似乎發現士道依然盯著六喰不放，便戳了戳他的臉頰，說道：

「哎呀哎呀，你是怎麼了，達令？該不會是迷上她了吧～～？」

「笨蛋……！才、才沒有呢。」

「真的嗎～～？哎，沒有就好。迷上花魁等級的遊女可是很辛苦的喲。為了一親芳澤，少說也得光顧個三次，而且每次光顧都必須花費好幾兩支付宴會費、賞錢和紅包。若是對方沒那個心情，就算做到這種地步也不會讓你碰一根汗毛的……！」

美九眼眶泛淚，握起的拳頭不停顫抖。是真哭。聽見她情緒飽滿的一番言論，士道除了苦笑也不知該做何反應。

「反正，是我們這種窮武士高攀不起的遊女。很遺憾，我勸你還是選個較好勾搭的女孩吧。

放心，還有其他可愛的女孩子！」

「喔，好……」

士道被美九的氣勢壓倒，不禁點點頭……不過，正如美九所說，事實就是如此吧。況且對方跟自己本來就是不同世界的人。在像美九那樣花費大把銀子之前就醒悟過來，反而該慶幸吧——

就在士道思考著這種事情，企圖說服自己時，前方突然傳來馬兒的嘶鳴和眾人的尖叫聲。

「嗚、嗚哇啊啊啊！」

「……！怎、怎麼回事？」

士道嚇了一跳，抬起頭，便看見可能是被人拍打屁股而情緒激動的馬兒以飛快的速度在街上狂奔。

事發突然，人人受到驚嚇，人牆一口氣瓦解。

「…………」

不過，狂暴的馬匹直逼而來，六喰太夫卻一動也不動。

是因為腳踩高木屐，行動不便？還是有其他理由？雖不知真正的理由為何，但想也知道，這樣下去會釀成大禍。

「唔……！」

在思考之前，身體已經先行動了。士道使勁朝地面一蹬，撲向六喰，摟住她跌倒在地。

隨後，馬蹄聲經過六喰原本所在之處。馬兒就這麼奔跑了一會兒，速度減慢下來時，一名男僕一把抓住韁繩，安撫馬匹。

大概是看見了這一幕，周圍發出安心的氣息。士道也鬆了一口氣。

「呼……真是驚險……」

不過，他立刻臉頰一熱，背脊則是反而竄過一陣涼意。

這也難怪。畢竟士道懷裡躺著被喻為絕世傾城的花魁。而且自己還粗暴地摟住對方，她身上的和服凌亂不堪，隱約露出豐滿的雙峰。這事態對士道來說有點太過刺激。

「太夫！」

「您沒事吧……！」

原本跟在六喰後方的禿、新造和男僕們憂心忡忡地趕了過來。其中幾名對雖說是出於緊急狀況才摟住六喰的士道投以「你打算抱到什麼時候？」這種責難的目光。

「沒、沒有啦，哈哈……」

士道連忙將手從六喰的身上抽回，舉起雙手表示自己別無他意。

於是，大概是察覺到這件事了，只見在新造的攙扶下站起來的六喰第一次開啟她那櫻花色的雙脣。

「不許無禮。爾等亦看見了吧，他是妾身的恩人。」

「……！是、是的。」

六喰說完，隨從們便端正姿勢回答。

「…………」

在這充滿莫名緊張感的狀態下，六喰打量似的瞪視士道一圈後，突然吐出一句：

「——這位郎君，請教您尊姓大名？」

「呃，這個嘛，我叫五河士道……」

「唔嗯。」

六喰再次望向士道的臉，盯著他繼續說：

「——您決定要光顧哪家店了嗎？」

「不，還沒有……」

「那麼，就光顧本条樓吧。」

六喰如此說道，又帶領禿一行人踩著緩慢的步伐前進。

被留在現場的士道呆愣了一會兒，目送六喰的背影——

「…………咦？」

然後發出錯愕的聲音。

◇

「哎呀呀～～武士大人！事情我都聽說了！據說有一群騎馬的惡棍想攻擊太夫，是您以華麗的劍術拯救了她啊！我們店裡都在討論這個話題呢！」

士道在路上救了六喰後。

他與美九承蒙六喰的邀請來到妓樓本条樓，打扮體面的老鴇畢恭畢敬地前來打招呼。

「啊，呃，惡棍……？」

事情竟然在不知不覺間被人討論得那麼熱烈。士道額頭流下汗水，搔了搔臉頰。

不過，老鴇並沒有察覺到士道困惑的模樣，語氣熱情地接著說：

「即使處於太平盛世，依然不忘鍛鍊！簡直是武士的典範啊！聽說您年紀輕輕便十八般武藝樣樣精通，真是年輕有為啊！今天請您好好享受！啊，不好意思，現在才自我介紹。我是本条樓的樓主二亞，今後也請您多、多、關、照！」

「喔、喔……」

士道強烈感覺到自己被當成什麼了不起的大人物看待，但對方氣勢太強，他只能含糊不清地回答。

「來人啊，快帶武士大人去廂房——呃，嗯嗯？」

就在這時，二亞望向美九，瞇起雙眼。

「怎麼了？」

「嗯～～……沒有啦，只是覺得您的同伴好像官府通緝的人犯啊……」

「通緝犯……？」

「是啊。好像是都被遊女拒絕了還一直死纏爛打地追求。」

「唔唔！」

美九肩膀明顯抖了一下，大概是企圖改變自己的容貌，刻意做出奇怪的表情。

二亞凝視美九的臉一會兒後，歪過頭表示：「……不對，通緝犯的長相好像不是這張怪臉的樣子。」

「……美九，妳這傢伙。」

「不不不，是認錯人了叭。」

因為她突然把嘴巴歪一邊，語尾變得怪怪的。

……算了，要是在這裡引起糾紛被趕出去也不是辦法。士道只嘆了一口氣，沒有揭穿她便跟著帶路的人走向廂房。

在廂房等了一會兒，便聽見走廊上傳來輕微的衣襬摩擦聲，隨後身穿奢華和服的六喰太夫立刻現身。

「————」

士道看見她的模樣，不禁啞然失聲。

畢竟是應邀而來，她會出現也是理所當然……不過，她美得令人屏息，讓士道一時半刻看呆了……不過，因為美九在隔壁發出「呀～～！」的尖叫聲，讓他馬上恢復冷靜就是了。

「——士道，歡迎你來。」

「啊、嗯……畢竟是太夫親自邀請嘛。」

「你毋須介懷。妾身只是利用你作為藉口，拒絕討厭的尋歡客罷了。」

六喰聳了聳肩說道。「原來如此。」士道苦笑。

「……話說回來，我的英勇事蹟似乎被嚴重誇大呢。什麼十八般武藝樣樣精通，我除了練習以外，根本不曾拔過劍……」

「若是不說得如此誇張，吝嗇的樓主如何肯少算一點費用？抑或是，郎君你富有到買得起妾身一個時辰嗎？」

六喰開玩笑地說道。士道臉頰僵掉，低下頭。

「……多謝關照。」

「唔嗯。」

六喰滿足地點點頭，輕輕拍了拍手，朝走廊的方向說：

「四糸乃、七罪。」

「「是的，姊姊。」」

拉門外傳來這樣的聲音後，兩名少女便立刻端著擺放豪華料理的小矮桌進來。記得是花魁道中時跟在六喰身後的那兩個女孩。兩人都長得很可愛，但其中一人不知為何左手戴著奇妙的娃娃，而另一人說是見習遊女，態度未免也太冷淡了。

不過，士道也沒有立場指摘這種事情。他決定與美九一起和六喰把酒言歡。

「……然後啊～～達令已經十七歲了，卻還沒有這方面的經驗。人家覺得太扯了，就帶他來這裡～～」

「哦？那妾身是否壞了兩位的好事？」

「用不著妳多嘴啦……！」

……雖然話題有點問題，但這段時間大家有說有笑。

士道也明白自己受到了多麼破格的對待。正如美九所說，要一親花魁的芳澤，少說得光顧店裡三次，對新客——第一次見面的客官不理不睬是再正常不過了……這終究只是擺席道謝，搞不好六喰根本沒把士道當顧客。

不過，這也是理所當然吧。說到花魁，顧名思義是妓樓之花，不是像士道這種人輕易就能沾上關係的。

而且，六喰拒絕了許多藩主和富商。把今天的事情當作一生一次的幸運，烙印在回憶中比較好吧。

「…………」

一旦如此思考後，有些地方讓士道想不透。士道看準了美九不勝酒力睡著後，詢問六喰。

「……六喰，我問妳喔。」

「何事？」

「白天狂暴的馬兒衝向妳時，妳為什麼不逃開？」

「……唔嗯？」

士道問完，六喰眉毛抽動了一下。

「你問的問題真是奇怪。突然遇到那種狀況，當然會害怕得無法動彈吧？」

「呃……嗯，也是啦。」

士道搔了搔臉頰後，看著六喰的雙眼接著說：

「該怎麼說呢，感覺妳當時是故意不避開的。」

「……哦？」

六喰興味盎然地瞪大雙眼後，輕輕吐了一口氣，回答：

「看起來是如此嗎？……妾身或許曾想過若是被踢到臉，就失去身為遊女的價值了吧。」

「為、為什麼會有這種念頭……」

士道有些困惑地皺起眉頭。太夫是最高等級的遊女，大多數遊女根本望塵莫及。士道一時之間無法相信她竟然會希望等於遊女性命的臉蛋受傷。

接著，六喰突然看向窗外，遙望遠方。

「……妾身，想看星空。」

「星空……？」

士道跟著六喰的視線望向窗外。

「那種東西隨時都可以看，不是嗎？現在也行啊。」

六喰聽了士道說的話，緩緩搖了搖頭。

「此處是籠子，就連天空亦設下了柵欄。的確不愁溫飽，但是，倘若明日就要死去，鳥兒渴望飛向雲霄，是如此可笑之事嗎？」

「這……」

六喰仰望窗外的天空。士道看著她的側臉，竟無言以對。

花魁的確美麗又華貴，不過絕大部分的女孩都是被賣來抵債的，甚至無法自由離開遊廓。

士道突然覺得因為受到花魁邀請而沾沾自喜的自己很可恥。他緊咬牙根，低下頭。

「抱歉，我……」

「……不，妾身才應該抱歉，說了如此索然無味之事。忘了吧。潑客官冷水，可不是遊女該有的行為。」

六喰有些自嘲地說道。她的表情令人心痛——士道無法原諒令她露出這種表情的自己，緊握拳頭。

不過，一再道歉也無濟於事。士道拍了拍自己的臉頰，開玩笑地聳聳肩。

「那就沒問題了。付不起規定價目的貧窮武士稱不上客官，無論妳怎麼潑冷水，怎麼令人覺得無聊，都不會損害店裡的名聲。盡情吐苦水吧。」

士道說完，六喰露出目瞪口呆的表情，然後開始哈哈大笑。

「哈哈，哈哈哈。確實言之有理呢。」

明明板著一張臉時看起來很成熟，像這樣哈哈大笑時，臉龐又立刻化為可愛的少女。這種反差令士道不禁怦然心動。

同時也對囚禁這種少女，名為遊廓的牢籠，感到強烈的不對勁。

不知六喰是否察覺到士道的心境，笑了一會兒後，她凝視著士道的臉，輕聲嘆息。

「——我說，郎君。」

「……什麼事？」

「妾身想看更多你掃興的臉。因為你聽我吐苦水，我不收你錢。再來聽我說無聊的事吧。」

「咦……？」

士道聽了六喰說的話，雙眼圓睜——但立刻察覺她話中的含意，便點頭答應：「好。」

◇

——之後的一陣子，士道一直光顧本条樓。

有時和美九一起來，有時則是單獨來……有時是一個人來卻發現美九早已在遊廓裡了……順帶一提，還曾遇過美九不知究竟做了什麼，被男僕追著到處跑的場景。

總之，即使被同事調侃，士道依然每隔三天就往遊廓跑。

目標當然是國色天香的六喰太夫。

沒錯。每次士道來到店裡，六喰都會兌現她先前在酒席上的承諾，無論有怎麼樣的客人在等待，她都會優先迎接士道入廂房。

沒多久，六喰太夫在養間夫的傳聞就傳遍了遊廓。

順帶一提，所謂的間夫，簡單來說就是遊女的情夫。就像是遊女自掏腰包，迎進廂房的戀人一樣……不過，兩人的關係倒沒有情慾到足以稱為戀人就是了。

「——喔喔，郎君，你今宵依舊不厭其煩地來聽妾身吐無聊的苦水了啊。真是個怪人呢。」

「是啊，聽無聊的牢騷話比較好入眠嘛。」
「哈哈，真敢言呢。」
不知是第幾次幽會，已經習慣彼此互開玩笑。
而做的事情就跟初次見面那天一樣，只是談天說笑。別說同衾共枕，連手指都沒碰過一下。
不過，士道非常享受這段時間。
而且——這可能是士道有所誤解——六喰看起來也打從心底十分享受這段時光。
啊啊……所以才會如此嗎？
儘管聽人勸告別迷上花魁，士道對六喰的感情卻與日俱增。
而每次想起六喰，便會憶起初次見面那天六喰對士道說過的話。
「…………」
某天晚上，士道從本条樓回家的路上，突然抬頭仰望天空。
萬里無雲的星空。當然，不可能有柵欄阻隔。只是看在六喰眼裡，肯定存在著柵欄吧。
遊女被禁止離開遊廓，即使是最高地位的花魁也不例外。遊廓四面環繞著壕溝，大門經常有門衛看守，宛如監牢一樣。
「星空啊……」
士道凝視著天空嘟囔。

——真想設法讓六喰看見真正的星空。

沒多久，士道的心裡便萌生出這樣的願望。

但他也清楚這件事並不容易。

讓遊女離開遊廓的方法大致可分為兩種。

一種是偷溜，也就是逃跑。但正如上面所說，要通過壕溝和門衛徹底脫逃，實屬不易。若是被發現，據說會得到相當嚴厲的責罰。不能讓六喰鋌而走險。

如此一來，只剩下另一種方法。

那就是——

「贖身嗎……？」

數日後，士道造訪本条樓。樓主二亞聽見士道的提問後，一臉疑惑地皺起眉頭。

「啊啊，沒有啦，我只是有點好奇而已。如果想替像六喰這樣的花魁贖身，究竟需要多少銀兩呢？」

士道要笑不笑地如此說道。

所謂的贖身，意思是指替遊女還清債務，讓她脫離妓樓。

簡單來說，就是支付重金，娶遊女當妻妾。這可說是讓遊女離開遊廓的唯一合法手段。

但花魁是金雞母，贖身的金額當然十分龐大。二亞發出低吟，摩娑下巴後開口：

「這個嘛～六喰才做這行沒多久——少說也得付個三千兩才划算吧～」

「三、三千兩！」

「沒錯。換算成現代的價值，約等於一億兩千萬圓……！」

二亞低聲說道。

……什麼現代的價值、什麼圓的，說的內容簡直莫名其妙，總之就是獅子大開口。

至少確定憑士道的俸祿根本籌措不出這樣的金額。士道表情愕然，垂頭喪氣。

二亞見狀，興味盎然地探頭看士道的臉。

「哎呀哎呀，怎麼啦，大爺？您該不會真的打算幫六喰贖身吧？」

「沒、沒有啦……哈哈。」

士道無力地笑道，二亞便勾起嘴角邪魅一笑。

「——不過，換作是其他人我不知道，但若是六喰中意的大爺，那就另當別論了。依條件可以算您便宜一點……不，就算不收您的錢也行。」

「什麼……！」

士道聽見出乎意料的話，瞪大雙眼抬起頭。

讓別人免費替搖錢樹花魁贖身，根本是瘋了吧。這樣更令人在意二亞所謂的「條件」是什麼了。

「妳、妳所說的條件，到底是什麼……」

「欸嘿嘿，不是什麼困難的事啦……就劍術高超的武士來說，大爺您年紀輕，五官又美。」

「……？這、這又怎麼了嗎？」

一時之間，士道還以為是六喰吹牛他十八般武藝樣樣精通，打倒惡棍的事情被發現了。

然而──並非如此。二亞打量般凝視士道的臉蛋和身材後，說出令人大感意外的話。

「其實啊，我打算開一間眾道專門的妓樓『大和男娘』，正在尋找那邊的招牌男妓呢。」

「什……什麼！」

士道不由得發出變調的聲音。

不過這也理所當然。畢竟所謂的眾道，簡單來說就是男色，兩個男人行苟且之事的意思。

換句話說，這個樓主竟然要挖角士道去妓樓工作。

「不、不不不！妳在說什麼啊！這怎麼可能賺錢啊！」

「你錯了，賺得到！實際上我店裡也有一些客官看見大爺你，跟我說：『不能指名那孩子嗎？』……況且，幹我們這行買賣的，不是應該滿足廣泛顧客的需求嗎？和我一起在業界掀起革命吧，少年～～！」

「怎麼覺得中途改變了語氣啊！」

士道如此大喊，設法扒開緊抱住他的二亞。

「哎呀呀，您不滿意這個條件嗎？」

「那是當然啊！……若是這樣能替像六喰那種等級的花魁贖身，或許真的是破格的條件，但如此一來，根本就失去了意義。我不能出去外面，不就等於把六喰一個人扔在外頭嗎！」

沒錯。對從小在遊廓長大的六喰來說，外面完全是異世界，一個人生活太艱辛了。雖然六喰說過即使明天就要死去，也想翱翔天際，但總不能真的讓她死掉吧。

於是，二亞哈哈大笑，接著說：

「好了、好了，聽我把話說完嘛，大爺。我哪時說要拿六喰交換你了？」

「……？那妳到底想怎麼樣？」

士道心懷疑惑地問道，二亞便邪佞一笑。

「——要不要跟我賭一把？」

「賭一把……？」

「沒錯。別看我這樣，其實我超愛賭博的。」

「…………」

什麼別看我這樣，應該說怎麼看都像愛賭博吧。不過，士道沒有多嘴。

「玩宴席遊戲，三戰兩勝，如果大爺你贏了，我就讓六喰贖身；要是我贏了，你就進來我的店裡工作……如何？就算是阿彌陀佛也開不出這麼好的條件喔——不過，前提是你得一個人打敗我們店裡引以為傲的藝妓三人組就是了！」

二亞「啊哈哈！」地笑道。士道臉頰流下一道汗水。

所謂的藝妓，顧名思義就是身懷技藝之人，在宴席上表現歌舞助興的女子。士道曾聽說遊廓會僱用藝妓來串場，直到遊女出來見客，或是舉辦宴會。

「…………」

士道一語不發地舔了一下嘴唇……原來如此，他終於明白二亞為何提出這種條件了。想必是對那叫什麼藝妓三人組的本領有相當的自信吧。

不過士道想了想，像他這種平凡的武士，根本不可能拿得出三千兩。要讓六喰脫離名為遊廓的鳥籠，只能在清楚必須付出什麼樣的代價下接受這場賭局。

但是自己真的有辦法一個人對付三名藝妓嗎——

就在這一瞬間。

「——事情人家都聽說了～～！」

後方傳來這樣的聲音，士道回頭望去。

結果看見美九的身影。不知為何她的頭髮凌亂，氣喘吁吁，宛如剛才被人追趕一樣。

「美九！」

「嗨，達令！」

「……妳這次又幹了什麼好事？」

「唔唔！……別問了啦！難得人家帥氣地登場，現在別管人家的事了啦～～！」

「真是的！」美九胡亂擺動雙手後，露出凌厲的表情。

「話說，人家也要參加那場賭局！聞名遐邇的藝妓三人組！就算是達令，獨自應戰未免太危險了～～！」

「妳、妳是認真的嗎？美九……！」

聽見美九說的話，士道瞪大雙眼。於是，美九猛然豎起大拇指。儘管這動作不符合時代背景，但隱約能感受到她可靠的氣息。

「交給人家吧！人家玩宴席遊戲的經驗比你吃過的飯還要多！還經常只玩到宴席遊戲就吃閉門羹打道回府了！當時真的很傷心啊。」

「這、這樣啊……」

「所以，達令你獲勝時，請讓我摸六喰的胸部！」

「原來妳的目的是這個喔，混帳！」

士道不禁大喊，使出一記手刀朝美九的頭揮下去。

「好痛～～！有、有什麼關係嘛，不就摸個胸部而已～～！」

「別鬧了！況且，這也不是我能決定的事吧！要看六喰本人怎麼說——」

「——無妨。」

「咦……？」

二樓突然傳來一道聲音，士道、美九，甚至連二亞也目瞪口呆地抬起頭。

不知是何時出現在那裡的，只見六喰悠然踩著階梯，睥睨似的俯看這場騷動。

「六喰！」

「嗯。妾身心想你為何遲遲未來，便來察看情況，沒想到事情竟然發展得如此有趣——我也要參加。可以吧，二亞？」

「啥……不不不，小六是我們店裡的花魁……」

「可以吧？」

六喰瞇起眼睛重複道。那令人毛骨悚然的視線讓二亞的肩膀微微抖了一下。

「哼……哼～～！隨便妳啦！反正你們不可能贏過三人組的！倒是你明白吧，大爺！要是輸了，你就得來我店裡工作，償還贖身費！」

二亞指著士道，如此說道。

面對這一連串高潮迭起的展開，士道一直處於震驚的狀態，但事情都到了這個地步，怎麼可以退縮。

「……好啊！誰怕誰！」

儘管緊張得心跳加劇，士道還是用力點頭答應。

◇

——事情就這麼飛快地進展到直接舉行三戰兩勝的宴席遊戲。

士道三人被帶到比平常寬闊的廂房，等待藝妓三人組的到來。

廂房裡只有士道他們，卻能聽見四處傳來吵雜聲。這也難怪，好幾名遊女和禿聚集在走廊上，全都透過隔屏和拉門的縫隙窺視廂房內的狀況，發出尖銳的鼓噪聲。

不過，這也無可厚非吧。平常哪裡看得到賭上花魁的勝負，而且十八般武藝樣樣精通（謠言）的武士還賭上自己的身體……士道擔心自己的英勇事蹟會不會又增添一件。

「嗯……」

這時，士道眉毛突然抽動了一下。

理由很單純。因為坐在士道後面的六喰緊緊抓了一下士道的外褂袖子。

「……郎君，真是對不住，把你捲進這場莫名的賭局。」

「妳在說什麼啊，這是我自己擅自決定的，妳不需要放在心上。」

「可是……」

六喰一臉歉疚地含糊其辭。士道將自己的手疊在六喰的手上，好讓她安心。

於是，周圍的嘈雜聲剛好變大，隨後拉門被一把打開，出現了樓主二亞的身影。

「讓你們久等了！……你們已經好好道別過了嗎？」

二亞手扠腰，出言挑釁。那副模樣宛如歌舞伎劇目中會出現的反派角色。

「…………」

六喰一語不發地怒視她，加強了握住士道袖子的力道。

二亞一時之間露出懼怕六喰的模樣，但立刻甩了甩頭。

「哼！妳這孩子真不可愛！算了，我們快點開始決勝負吧。不管是輸是贏，都不能怨恨彼此！在場的所有人都給我做見證，知道了嗎！」

二亞說完，便傳來窺視廂房狀況的遊女們回答「「是！」」的聲音。士道、六喰與美九也點頭回應。

二亞滿足地勾起嘴角，面向剛才自己進來的方向。

「——大師，麻煩您了！」

然後以呼喚保鏢的態度大聲叫喚。

於是，拉門再次開啟，一名將烏黑頭髮整齊梳起的少女悄悄走進廂房。

「呵呵呵……包在小女子身上唄。」

她以有些奇怪的措詞如此說道，露出猖狂自信的笑容。六喰看見她，眉毛抽動了一下。

「……是十香啊。碰到棘手的傢伙了。」

「妳認識她嗎？」

「嗯。是妾身熟識的藝妓。也就是說——第一局玩的是『老虎拳（Toratora）』嗎？」

「猜得真準。」

二亞盤起胳膊說道。士道微微歪過頭。

「『老虎拳』？」

「嗯。兩人隔著屏風站著，做出刺出長矛、四肢趴地走路或拄拐杖其中一個動作來出拳。這三個動作分別代表武將、老虎和老嫗，武將比老虎強，老虎比老嫗強，老嫗比武將強。」

「……呃，也就是說……」

「哎，簡單來說就是猜拳～～」

美九「啊哈哈」地笑道，士道則是點頭表示理解。

士道原本還擔心如果是規定複雜的決勝方式該怎麼辦，但不愧是宴席遊戲，即使是初學者也能輕易學會。若是比這個，應該有機會獲勝吧。

不過，六喰與士道的思考相反，表情嚴肅，臉頰流下汗水。

「……這對郎君你和美九而言，負擔太重了。此局就由妾身出馬應戰吧。」

「咦？」

「千萬勿以為遊戲方式簡單就小看了她……那傢伙會以動物之本能看穿對方所出的拳，是妾身才能解決的『老虎』。」

六喰如此說道，站了起來，和服的衣袖因此飛揚。

於是，被稱為十香的藝妓一臉愉悅地笑了。

「是六喰出馬嗎？嗯，夠資格與我對戰！來吧！」

「好！」

於是，開始對戰。

六喰與十香站在屏風兩側，周圍的遊女們同時用手打拍子，唱起歌來。

「這、這是怎樣？」

「好了、好了，達令也一起來。」

面對突如其來的事態，士道大吃一驚，在美九的催促下，儘管感到困惑，也一起用手打起了拍子。

不過，仔細想想也有道理。這的確是賭上花魁的勝負，但在此之前則是宴席遊戲，又不是賭場，不需要在殺氣騰騰的氣氛下展開。

「「老虎老～虎，老～～虎老虎！」」

配合遊女們唱的歌，六喰和十香各自做出動作，從屏風現身。

六喰做出的動作是持長矛的武將。

十香則是趴地的老虎。

——六喰獲勝。

「嗯……！」

「唔唔！」

六喰握起拳頭，十香則是懊悔地咬牙切齒。

不過，這場猜測對方心思的勝負，似乎比旁觀者看到的畫面還要激烈。勝利的六喰額頭冒出斗大的汗珠。

「好耶，六喰！」

「嗯……不過，下一個藝妓令人擔憂。既然將十香帶來，就表示……」

六喰說到這裡，二亞發出氣憤的叫聲。

「哼……也罷！第一局就先用掉小六這張最強王牌，之後你們就準備後悔吧！下一位！請登場！」

愁容。

「來也。」

接著出現的是容貌像洋娃娃一樣端整，表情也像人偶般單調的藝妓。六喰看見她後，又露出愁容。

「唔……果然是折紙啊。」

「好久不見。雖然破壞六喰的贖身之事令我於心不安，但工作就是工作。」

「而且——」被稱為折紙的藝妓瞥了士道一眼。

「二亞，我想確認一下。如果他進了妳的店，我也可以指名他嗎？」

「哦哦～～？原來如此，這是盲點呢……或許可以考慮開拓女性顧客的需求。」

「我會全力以赴。」

折紙的眼眸似乎燃起鬥志的火焰。那副非比尋常的模樣令士道不禁往後退。

不過，有一道影子阻擋在士道的面前保護他——是美九。

「美九！」

「是，這一局就交給人家吧，達令！竟然要指名達令，人家絕不會讓她做出這種令人羨慕……敗壞道德的事情！來吧，要比什麼～～！」

說完，美九用力指向折紙。士道感覺美九一瞬間似乎說出了什麼危險的發言，最後決定不放在心上。

「那麼，就用『開了又開(Ohirakisan)』決勝負吧。」

「哦……？有意思，讓妳見識我的柔軟度～～！」

聽見折紙的提案，美九自信滿滿地回覆。士道微微皺起眉頭，小聲詢問六喰：

「六喰，『開了又開』是什麼？」

「嗯。是互相猜拳，敗者漸漸張開雙腿之遊戲。先撐不住的那方失敗。」

聽完六喰的說明，士道回答：「原來如此。」這又是一項單純明快又看似深奧的遊戲。

「好了，那就開始吧～～！」

「放馬過來。」

美九與折紙面對面站著，微微撩起衣襬。於是和剛才一樣，遊女們開始用手打拍子唱歌。

「「開了又開，喲伊喲伊喲伊！」」

「喝啊！」

「……！」

美九和折紙配合吆喝聲，各自將手伸向前方。

美九出布；折紙出剪刀。折紙獲勝。

話雖如此，有別於剛才的「老虎拳」，光是猜拳還不能定勝負。美九露出猖狂的笑容，將腿稍微往外張開。

「有妳的。不過，好戲現在才開始～～！」

接著，吆喝聲再次響起，兩人不斷猜拳。

折紙、美九、美九、折紙——兩人的腳隨著輸贏越張越開。

簡直是一進一退的攻防，誰贏也不奇怪的角力戰。

不過……大概是來到第八戰的時候，美九出現了變化。

「…………」

她眉毛一動，姿勢越來越低。

士道一時之間以為她撐不住了，但看起來有點不對勁。與其說快倒下，倒不如說是想偷看雙腿大開的折紙胯下。

「……美九？」

「啊……！」

士道呼喚美九的名字後，美九像是回過神來，肩膀抖了一下——然後姿勢失去平衡，在榻榻米上跌了個狗吃屎。

「好痛～～！」

美九按著鼻子，淚眼汪汪地抬起頭。

「太、太詐了～～！竟然用那種性感的姿勢誆騙人家～～！人家要抗議～～！」

「「…………」」

美九吵鬧了一陣子後，大概是察覺到士道和六喰冰冷的視線，不久便哭著道歉：「……對、對不起～～……」

這下子就一勝一敗了。二亞心情愉悅地發出笑聲：

「喵～～哈哈哈！看來你們那邊可怕的果然只有小六而已！好了，我就送你們上西天吧！大師，麻煩您了！」

「——承擔。包在夕弦身上。」

最後的刺客回應二亞的呼喚，堂堂登場。

整齊梳起的頭髮，一身華麗的衣裳。又是一名不亞於前兩人的美少女。不知為何，後面還跟著一名長相一模一樣的少女。

「……唔，我不能接受。為什麼我是隨從的角色啊？」

「說明。因為耶俱矢私底下輸給了夕弦。順帶一提，決勝方式是比『開了又開』。耶俱矢猜拳一次都沒有猜贏，就撐不住倒地了。」

「現在有必要說這個嗎！」

被稱為耶俱矢的隨從少女發出哀號般的叫聲……感覺藝妓的世界也不好混呢。

不過，還是不能鬆懈大意。畢竟這名自稱夕弦的少女是擔任壓軸的藝妓，想必本領十分高超吧。士道嚥下口水，站起身來。

「郎君……」

六喰一臉不安地仰望士道的臉。士道吐了一口長氣，撫摸六喰的頭。

「別擔心。」

他如此說道，站到夕弦面前。於是，夕弦摀著嘴巴優雅地笑道：

「微笑。真有膽量。比『投扇興』，你贏得過我夕弦嗎？」

「『投扇興』……？」

「首肯。朝立在桐箱上的標的投扇，看誰得分較多。不過，可不是只要扔中標的就好，還得根據投擲後標的、底座、扇子的形狀來決定分數。十次決勝負。」

聽完遊戲的說明後，士道不禁愁容滿面。

「咦！這是什麼技巧性的遊戲，之前不都是比猜拳類的遊戲嗎……！」

「不解。夕弦聽不懂南蠻話。總之，開始吧。通常要先擲骰子決定先攻後攻，但你好像沒玩過，就由夕弦先開始吧。」

夕弦不容分說地說完，耶俱矢便在榻榻米上鋪上毛氈，開始準備標的物。

夕弦在毛氈的邊緣攤開扇子，耶俱矢則在標的旁邊坐下。

「——那麼，開始！」

「投擲。看我的！」

耶俱矢喊完開始後，夕弦便將扇子水平擲出。

夕弦扔出的扇子準確地彈開標的，接著直接覆蓋在標的上。

「——夕霧，得八分。」

耶俱矢以形狀來判別，宣布分數。雖然搞不太清楚，但夕霧好像是代表那個形狀的名字。

「嘆息。只得八分啊。那麼接下來換士道了。」

說完，夕弦將扇子交給士道。

雖然現在還搞不太清楚詳細的遊戲規則，但事到如今只能硬著頭皮上了。士道毅然決然就定位，投擲扇子。

……然而，現實是殘酷的。

「——花散里，零分。」

「唔唔……！」

零分。也就是沒有分數。一瞬間，士道還以為對方看他不懂規則，就隨便報分數……但看六喰和美九在後方一臉愁容，就能推斷只是士道扔得很爛而已。

當然，只憑一次還無法分出勝負。現在放棄還言之過早。

但是技巧的差距顯而易見。自己扔了兩三次後，差距越拉越大。

不僅如此，第六次投擲時，夕弦難得將扇子扔偏了，結果——

「——吐氣。呼～～！」

夕弦吐了一口氣後，扇子宛如富有生命一樣翩翩飛舞，準確地命中目標。

「什……不會吧，剛才那是怎麼回事？」

操縱風……人類不可能做到這種事吧，但剛才的現象除了操縱風，還能怎麼想？士道不禁發出變調的聲音……順帶一提，士道也模仿了一次，但扇子不動如山。

——然後，夕弦投完了最後一次扇子。

「——若紫，得十分。」

夕弦總計得一百二十分。

而士道的分數則是……三十六分。

雖說還剩下最後一次，但分數的差距令人絕望。士道覺得頭暈目眩，差點站不穩。

就在這時，一隻小手覆在士道持扇子的手上——是六喰。

「……！六喰……」

「嗯……勿擔憂，郎君。」

六喰目不轉睛地凝視著士道的眼睛，並且點了點頭。

她的表情透露出緊張、恐懼——以及與這些情緒不相上下的對士道的信賴與感謝。

「放心吧。縱使此一投失敗，妾身亦不會讓郎君進入妓樓。樓主的希望是賺錢吧，那麼……妾身就去接客。如此一來，便能充分補貼了吧。」

「什……！六喰，妳在胡說什麼——」

「妾身……很幸福，能讓郎君你為我做到此種地步。多虧了你，使我索然無味的生活變得多彩多姿。能認識郎君你，妾身已心滿意足了。」

「……！」

聽了六喰說的話，士道屏住了呼吸。

她的這番覺悟令士道渾身顫抖，並且對讓她說出這種話的自己感到很可恥。

士道調整呼吸，端正姿勢。自己的確占下風，但無論結果如何都不能讓六喰——自己迷上的女人看見自己窩囊的模樣。

「……聽見這種話，我非命中不可了。」

「郎君……」

「六喰。」

士道與六喰對看後，不約而同地點了點頭——兩人將扇子擺平。

「——！」

然後全神貫注於指尖，投擲。

扇子劃破天空，將標的打落底座，然後落地時直接覆蓋在標的上方。

「啊──」

記得這個形狀是夕弦一開始呈現出的形狀。得了八分。當然，不可能反敗為勝──

不過，下一瞬間。

──呼～～！

傳來輕聲吐氣的聲音後，士道投出的扇子立刻在空中翻轉一圈，形成在標的與底座上架成一座橋的形狀。

「……！夢浮橋，一百分……！」

耶俱矢看見那個形狀後，宣布分數。

形勢一口氣逆轉，得到超高分。士道目瞪口呆，遊女們則是發出驚嘆聲。

「郎君……！」

「達令！」

六喰握住士道的手，美九則是從背後一把抱住他。士道感受到她們的觸感才終於回過神來。

他連忙望向夕弦。

「夕、夕弦……妳剛才有吹氣吧。」

「無視。夕弦聽不明白你在說什麼──夕弦只是目睹在眼前上演的甜蜜愛情故事，不由得嘆了口氣罷了。」

「夕弦……」

士道再次呼喚名字後，夕弦便莞爾一笑，面向二亞，低下頭。

「——謝罪。不好意思，因為夕弦能力不足，吃了敗仗——不過樓主，在這麼多人面前，妳應該不會出爾反爾吧？」

「唔唔……！」

被夕弦這麼一說，二亞十分不悅地低吟了一聲。

「……哼！隨便你們啦！我好歹是個生意人，不會對勝負結果故意刁難的！」

聽了二亞說的話，遊女們的情緒更加高漲了。

於是，在一片歡聲中，十香慢步走到六喰身邊，輕聲說道：

「六喰、六喰。」

「唔，何事，十香？」

「首先恭喜妳……不過，妳不要把二亞想得太壞。如果她真的是個壞人，根本就不會提出這種條件的賭局。」

「嗯……」

六喰聽了十香這番話，走向二亞。

「二亞……過去承蒙妳照顧了。」

六喰說完，二亞瞬間眼眶含淚……但立刻撇過頭。

「哼……！少囉嗦！不用妳道謝啦！聽好了，妓樓的樓主都是些缺德的老鴇，沒血沒淚的壞蛋啦！我討厭不能生錢的女人！愛去哪兒就滾哪兒去吧！」

二亞大喊，做出驅趕小狗的動作。

「二亞……」

士道與六喰一起深深行過一禮後，在大家的目送下離開妓樓。

◇

夜晚。

士道與六喰躺在原野上，眺望著天空。

士道穿的與平常沒什麼兩樣，但六喰的打扮倒是與以往大相逕庭。

原本花費極大的工夫與時間梳整的頭髮，如今只隨意紮起，而原本身穿的設計華麗的和服，如今則是換成士道母親的舊衣。

不過，這也理所當然吧。雖說不至於窮到無法維生，但士道不過是一介武士，自然沒辦法讓六喰過上先前那種錦衣玉食的生活。

「六喰，妳真的不後悔嗎？」

所以士道如此問道。明明是他自己提出要替六喰贖身的。

「嗯？郎君所謂何事？」

六喰像是真的聽不懂士道說的話，歪了歪頭。

「我是說……妳已經沒辦法再過像以前那樣奢侈的生活了……」

士道含糊其辭地說道，六喰便用手彈了一下他的鼻子。

「好痛！」

「事到如今，你何出此言？是認為妾身沒有吃苦的覺悟嗎？」

「啊，不是。」

「我不需要漂亮的和服，亦不需要豐盛的三餐。只要有郎君你能和我一起眺望星空，我便知足了。」

「六喰……」

士道擦拭著就要奪眶而出的淚水說道，六喰便像是想起什麼似的用手抵住下巴。

「對了，我感覺似乎遺忘了什麼事情……美九是否曾言及若是贏了賭局要如何？」

「啊！……啊～～……」

士道臉頰流下汗水。美九在那之後被其他店家的男僕發現，直接逃之夭夭了。

「嗯，下次再說吧……」

士道苦笑著如此說道，輕聲清了清喉嚨，轉換心情。

「話說……我還沒好好對妳說呢。」

「嗯？」

過了一會兒，士道下定決心，從懷裡拿出一把櫛簪。

「六喰，請妳……和我在一起好嗎？」

「……！」

聽了士道說的話，六喰吃驚地瞪大雙眼——

「啊啊……啊啊……真是傷腦筋啊。」

「咦……？」

「明明先前一心嚮往的星空就在眼前……這樣不是害妾身眼中只容得下郎君你了嗎？」

「！那麼……」

士道說到這裡，六喰摟住他的肩膀打斷他說話。

「妾身也最喜歡你了。」

六喰如此說完，就將自己的唇疊上士道的唇。

精靈士織

SpiritSHIORI

DATE A LIVE ENCORE 8

「…………………咦？」

五河士道半下意識地從喉嚨發出錯愕的聲音。

說得更正確一點，是片刻過後才認出那是自己的聲音。感覺就像身體與精神分離，俯瞰自己一樣。不，所謂的自己又代表著什麼──他的腦海裡掠過這種哲學命題。

不過，這也無可厚非。因為如今擴展在士道眼前的光景，就是如此莫名其妙。

「…………」

士道試圖恢復冷靜，先將手置於胸前深呼吸，同時再次確認自己剛才發生了什麼事。

──數十分鐘前，士道在學校上課時，突然響起空間震警報。

沒錯，出現了新的精靈。士道當然是避開避難學生們的耳目，偷偷離開學校，搭乘〈拉塔托斯克〉的空中艦艇〈佛拉克西納斯〉。

到目前為止還沒有任何問題。以和平的方式保護精靈是〈拉塔托斯克〉的目的，也是士道的使命。

然而，士道一如往常戴上耳麥，被傳送到精靈出現的現場，怔怔地佇立在被空間震破壞得一塌糊塗的街道上。

因為他看見了方才現身的精靈。

——一名少女站在爆炸中心地。

以靈力製造出的頭飾，裝飾著發出淡淡光芒的荷葉邊，是令人聯想到女僕的可愛靈裝。

風一吹就搔弄背部的長髮；有些中性的五官。但這並不是指有種柔中帶剛的感覺，反而散發出一種纖細少年的風情。

要比喻的話，就宛如士道的雙眸、鼻子和嘴巴。

應該說，那名精靈——

「——根本就是我嘛啊啊啊啊啊啊！」

思考到這裡時，士道忍不住發出哀號般的吶喊。

沒錯。站在眼前的精靈，長相與士道——正確來說，是與女裝打扮的士道——簡直是一個模子刻出來的。

「……！」

大概是被士道宏亮的聲音嚇到了，只見精靈少女抖了一下肩膀。瞬間，戴在右耳的耳麥響起訓斥士道的聲音：

『喂，士道，你幹嘛突然大叫啊？嚇到精靈了啦！』

耳熟的聲音。是士道的妹妹，同時也是〈拉塔托斯克〉的司令，五河琴里。她現在應該正在

飄浮於遙遠上空的空中艦艇〈佛拉克西納斯〉中監視著士道與精靈。

「沒、沒有啦，可是琴里，妳不覺得很奇怪嗎？那個精靈明顯就是我嘛！」

『……啥？你到底在說什麼蠢話啊，士道？你什麼時候變成女孩子了？』

琴里一頭霧水地說道。看起來不像在開玩笑，真的是一副聽不懂士道在說什麼的樣子。

……不，仔細一看，確實不是百分之百和士道一模一樣。

服裝自然不用說，服裝底下的身材曲線明顯不是男人的骨架，而是帶點圓潤的少女骨架。單就這一點而言，琴里說的確實沒錯。

不過扣除掉這一點，那名少女還是「太像士道」了。宛如在照鏡子的突兀感，甚至令士道感到有點頭暈。

『喂，士道，你從剛才開始到底是怎麼了啊？你今天怪怪的喔。』

正當士道與滿腦子的疑問奮戰時，耳麥傳來琴里有些不安的聲音。

看來自己沉默的時間比想像中還要長。士道赫然抬起頭，拍了拍臉頰重振精神。

對方的確長得跟自己很像，但反過來說，除了長得像以外，跟普通的精靈沒兩樣。據說世上有三個長相一模一樣的人，有精靈長得跟士道一樣……嗯，或許也是有可能吧。

「……嗯，是啊，抱歉。我好像有點不對勁。」

『給我振作一點——算了。她的識別名是〈分身士道〉。』

「呃，妳根本是明知故問吧！」
『你在激動什麼啊？好了，快上吧。小心謹慎地跟她接觸。』
「…………」
士道儘管無法釋懷，還是調整呼吸，毅然決然地走到精靈身邊。
「——嗨，妳好。」
「……啊，你好。」
士道出聲攀談後，少女輕輕點頭致意，如此回答。沒有那種不食人間煙火的模樣，她的動作反而有種親切感。
總之，從精靈喉嚨發出的聲音是女孩子的音調，讓士道鬆了一口氣……不過，他立刻發現精靈的嗓音跟自己扮女裝時用變聲器變過的聲音一模一樣，一道汗水便沿著他的臉頰流下。
不過，在這時驚慌失措就跟剛才一樣沒長進了。士道輕輕清了喉嚨，接著說：
「我叫五河士道，對妳沒有敵意。妳能先聽我說說話嗎？」
士道努力擺出一副冷靜的態度說道。於是，少女點點頭回答：
「啊……好的，當然可以。我叫士織，請多指教——」
「——喂，果然是我嘛！」
「……！」

聽見少女報上的名字，士道又如此大喊。

不過，這也理所當然。畢竟她的名字是「士織」，跟士道基於某種原因扮女裝時所用的名字一模一樣。

『士道！你從剛才開始到底是怎麼回事啊！』

「啊……！」

受到琴里責備，士道肩膀微微一震。剛剛才恢復冷靜，結果又大叫了。

「抱、抱歉……嚇到妳了吧。」

「不、不會……沒關係。」

士道搔了搔臉頰道歉後，少女——士織做出和士道一模一樣的動作如此說道。即使士道讓她受到兩次驚嚇，結果還是這種反應。個性如此沉穩的精靈還真是稀奇。

「所以，你要跟我說什麼？」

士織歪過頭如此詢問。這時，耳麥正巧傳來琴里的聲音。

『她的各種數值都非常穩定。這搞不好是我第一次遇到這麼鎮靜的精靈呢——很好。這時就開門見山地跟她說我們的目的吧。』

士道輕敲耳麥表示了解後，面向士織。

「呃，其實我屬於〈拉塔托斯克〉這個組織，目的是保護精靈。妳像這樣現界時，有沒有受過攻擊？像是ＡＳＴ或ＤＥＭ——呃，簡單來說……」

「啊，有。這部分我了解。」

「這、這樣啊。反正，我們想保護妳不被那些人傷害，〈拉塔托斯克〉會幫妳準備戶籍和住處。只要讓我封印靈力，妳就能作為普通人平穩地生活……妳願意嗎？」

士道望著士織的雙眼觀察她的反應後，士織便做出有些苦惱的舉動。

「這個嘛……」

「妳可能會對靈力被封印一事感到不安，不過——」

「啊，不是，我不是擔心這個。」

「咦？」

士道瞪大雙眼，士織便一臉尷尬地搔了搔臉頰。

「封印靈力本身是無所謂，我反而覺得很感激，因為我也不想戰鬥。可是，那個，關於封印方法……」

「咦？」

士織說完，士道不禁發出變調的聲音。於是，士織提醒般繼續說：

「呃，畢竟，那個，你能想像嗎？讓我迷戀上你，然後接吻……」

封印精靈靈力的方法，確實是士道提升精靈的好感度，與精靈接吻。自己都還沒說明，士織

的語氣就像早已知道這件事一樣。

「妳、妳為什麼連這種事都知道……？」

「咦？啊。啊～～……」

士道納悶地說完，士織視線游移了一會兒，故意哈哈笑道：

「其實我擁有的天使能讀取人心～～……這樣……說得過去嗎？」

「喔……」

士織的口吻與態度完全透露出她想故弄玄虛，蒙混過去的意圖，但士道沒有戳破，隨口應和了一下。

不過，士織說的也不無道理。從她的角度來看，就像是突然出現一個與自己長得一模一樣的人類，說出「來吧，對我敞開心房！讓我親一下吧！」這種話，不難想像她的心理障礙會有多嚴重。

話是這麼說，但是要封印精靈的靈力，除此之外別無他法。在這段期間，為了捕捉她，AST或DEM Industry的尖兵——

『——士道！』

就在士道思考著這種事情的時候，琴里的吶喊聲突然震動他的鼓膜。

下一瞬間，四周響起震耳欲聾的爆炸聲。

「哇！」

「呀……」

士道與士織發出驚愕的聲音，同時仰望天空。

便看見那裡不知何時飄浮著無數道黑影。

以無機物構成的扭曲軀體，長長的四肢加上銳利的爪子。從它凶狠地凝視士織的攝影眼之中感受不到類似感情的東西。

那群黑影是DEM Industry的機器人〈幻獸・邦德思基(Bandersnatch)〉。看來是來殺害或捕捉士織的。

「唔，〈幻獸・邦德思基〉……！」

如果是陸自的AST隊員，還有可能看見一般市民士道的身影後中斷攻擊，但對象是〈幻獸・邦德思基〉，就無法奢望它們會施予這樣的恩情了。

不過反過來說，也代表即使破壞也不會死人。雖然身體會承受相應的負擔，但如今士道已封印許多精靈的靈力，並非沒有手段對抗它們。士道緊握拳頭，瞪視飛在空中的人偶。

然而，士道並未顯現出天使——因為士織像是要保護士道一樣，迅速走向前方。

「士織——？」

士道呼喚其名後，士織便舉起手，像在表達「交給我」一樣。

「……啊啊，真是的。偏偏挑有人在的時候……」

然後憤恨不平地瞪著〈幻獸・邦德思基〉如此說道，瞥了士道一眼。

「……很危險，你先原地臥倒，然後摀住眼睛和耳朵。知道了嗎？一定要摀住喔。」

「咦……？」

聽見莫名其妙的指示，士道目瞪口呆。於是，士織朝地面一蹬，飛向天空，靈裝的裙子隨風飄揚。

她舉起右手，手中便出現一把天使。天使的設計宛如將棉被除塵拍和魔法棒加起來除以二。

「〈終極侍女〉！」

士織有些難為情地羞紅著雙頰——大喊：

「閃耀吧！終極侍女星光閃亮愛心攻擊————！」

瞬間。

士織握著的天使像玩具一樣展開，閃閃發光，從中發射出愛心形狀的光波。

簡直像女童愛看的動畫女主角使出的必殺技……雖然完全扯不上關係，若士道出生時是女生而不是男生，迷的是變身女主角動畫而不是戰鬥漫畫，搞不好會發明出這種自創的必殺技來練習……她的天使就是會令人聯想到這種事情的玩意兒。士道的背脊有些發涼。

不過，威力倒是貨真價實，與它夢幻的效果完全相反。迸發的心型光波貫穿〈幻獸・邦德思基〉堅硬的身軀，徹底破壞，爆炸四散。

不到幾秒，在天空飛翔的機器人集團便化為沉默的碎鐵，散落四周。

「喔、喔喔……」

當士道望著〈幻獸・邦德思基〉的殘骸之雨發出讚嘆時，上空的士織突然將視線投向他。

然後大概是發現士道沒有摀住眼睛和耳朵，士織滿臉通紅地發出微弱的聲音：

「…………你看見了嗎？」

「…………偶沒看見呀。」

士道挪開視線回答，但不知為何說得怪腔怪調。

士織因此洞悉一切，早已通紅的臉蛋更加火紅——

「啊，啊啊啊啊啊啊啊啊啊啊！」

她如此大喊，飛向天空彼端。

◇

與士道相似的精靈現身隔天。

士道躺在五河家客廳的沙發上，「呼啊啊……」地打了個大哈欠。

昨天讓神祕精靈士織逃跑後，士道回到〈佛拉克西納斯〉，直接被迫出席緊急對策會議。難怪會累積疲勞。

話雖如此，所幸今天是星期六，不用上學。士道在沙發上吃完早餐後，沒有立刻收拾餐具，在客廳休息了一會兒。

「呼啊啊……啊嗯？」

就在士道不知打了第幾次哈欠的時候，琴里來到客廳，往士道張大的嘴巴扔東西進去。觸感硬硬、圓圓的，一股甜味在口中蔓延開來——是琴里經常在吃的加倍佳棒棒糖。

「嗯……怎麼，妳要給我吃嗎？」

「是啊，消除疲勞吃甜的是常識吧。辛苦你了——只是，在家是無所謂啦，但跟精靈見面時可不要打哈欠喔。」

「我知道啦。」

士道苦笑著如此說道，用手指捏住露出嘴巴的糖果棒，舔了舔糖果的部分。似乎是草莓口味的。士道說了「好吃」後，琴里便有些開心地簡短回答：「對吧。」

「……話說回來，昨天那個精靈是怎麼回事啊？資訊少固然是無可奈何，還是至今沒碰過的類型……」

「……是、是啊。」

士道聽了琴里說的話，臉頰流下汗水，如此回答。

在昨天的對策會議上，士道也問了琴里以外的〈佛拉克西納斯〉船員：「那個精靈長得跟我很像吧！」但得到的回覆卻是：「有像嗎……？」「都是兩個眼睛、一個鼻子、一個嘴巴就是了……」這類有些微妙的答案。

是用精靈的力量讓其他人看士織像其他人嗎？還是反過來只讓士道一個人看到幻覺呢……

就在士道舔著糖果思考這種事時，家裡突然響起「叮咚——」的輕快聲響。

一時之間還以為是住在隔壁公寓的精靈們，但她們應該不會按門鈴，而是直接進來吧。是快遞嗎？還是鄰居來拜訪？士道如此思忖，從沙發上坐起身。

「來了來了，馬上去開門……」

接著將不知不覺吃完的加倍佳棒棒糖的棒子扔進垃圾筒後，經過走廊，打開玄關——

「——咦？」

結果，士道全身僵硬。

因為門外既不是抱著紙箱的快遞員，也不是拿鄉下送來的蔬菜來分的鄰居太太——

「……那個，上次多謝你了。」

而是露出有些尷尬的笑容，與士道長得一模一樣的少女。

「什……咦……？」

事發突然，士道目瞪口呆了一會兒。似乎從走廊那邊偷看門口的琴里大叫「什……！」的聲音回音特別響亮。

「士、士……織？」

「我、我來了……」

士道有些呆愣地呼喚士織的名字後，士織便像在掩飾害羞一樣，以逗趣的模樣歪了歪頭。她的長髮和百褶裙的裙襬隨之搖晃。

沒錯。士織現在的裝扮並非昨天穿的侍女型靈裝，而是普通的制服。

不過，現在比起她的裝扮，還有其他事情必須確認。士道好不容易讓劇烈跳動的心臟鎮靜下來，開口問：

「妳、妳怎麼會來這裡……？」

「沒有啦，就……不好意思，昨天沒打聲招呼就跑走了。還有……那個，正如我昨天說過的，我認為還是必須封印靈力才行，雖然不知道有沒有辦法做到就是了……」

「這、這樣啊……」

士道依舊感到困惑，在這樣的狀態下回應士織後，瞥了後方一眼。

「…………！」

便看見從客廳入口探出頭來的琴里做出激烈的手勢。

士道只要用他的哥哥之眼掃描，就能輕易解讀出她的意圖。「跟她出門」、「我會幫你」、

「別讓她等」──大概就是這種意思吧。

基本上跟士道的意見相同。士道立刻面向士織，表情流露出緊張，點了點頭。

「啊，嗯……說的也是──琴里，我出去一下，可以幫我把外套拿來嗎？」

「──！好。」

士道說完，琴里便像是察覺到他的意圖般點點頭，從客廳把士道的外套拿過去。

士道隨手套上外套，穿好鞋，趁士織不注意時摸索外套的口袋。不出所料，有琴里準備的耳麥的觸感。

「那麼，我們走吧。」

「好、好的。」

士道與士織不約而同地互相點頭後，並肩走在路上。

──然後，士道和士織開始約會。

如此順利又不自然的程序前所未見。提出約會邀請的不是士道，而是精靈，而且精靈還對士道這邊絕大部分的情形瞭如指掌，讓人覺得她會讀取人心一事聽起來不像是玩笑話。

不過，老是想著這些事情又要無話可說了。為了避免讓精靈感到尷尬，士道努力故作開朗地向她攀談：

「哎呀～～話說回來，今天天氣真好呢。」

「嗯，是啊。幸好是晴天。」

「…………」

「…………」

「對了，昨天謝謝妳救了我……」

「不會，別放在心上。我也對DEM很頭痛。」

「…………」

「…………」

「……妳、妳的興趣是什麼？」

「咦？烹飪……之類的吧？」

『——你是在相親嗎！』

這時耳麥傳來琴里的聲音。看來似乎已經從五河家移動到〈佛拉克西納斯〉了。

『要找話題聊是可以，但聊這些事也太不痛不癢了吧，士道。要再更切中核心一點！』

「……呃，可是，我比以往更不知所措嘛。」

士道壓低聲音避免讓士織聽見，朝耳麥低喃後，琴里大大的嘆息聲便震動他的鼓膜。

『算了。選項正好出來了。』

琴里說完，耳麥便傳來朗讀選項的電子音：

①若無其事地牽起她的手。

②若無其事地摟住她的肩。

③若無其事地掀她的裙子。

『……好，決定了，士道，選③。』

「為什麼會選③啊……！」

聽見琴里下達的指示，士道不禁發出變調的聲音。這下子要士織不發現也難。她肩膀抖了一下，表情驚嚇地望向士道。

「怎、怎麼了嗎……？」

「不，沒事……」

士道含糊地笑了笑蒙混過去後，再次與士織並肩而行。士織露出納悶的表情，不久後像在表示「算了……」地搔了搔臉頰，望向前方。

『真是的，你小心一點啦，士道。』

「……誰害的，是誰害的！」

『別擔心啦，我這邊觀察到的數值十分穩定。只要③成功了，今後的行動應該就能跨出一大步。』

「真的要選③嗎……結果會如何我可不管喔……」

士道苦著一張臉嘆息後，毅然決然往後方踏出一步。

然後直接繞到士織背後，在心中道歉：「對不起……！」同時掀起她的裙子。

「呀……！」

裙子猛然往上飛揚，露出內褲——不是，是短褲。看來這一點也跟士道一樣。

不過，該害羞的還是會害羞。只見士織臉頰微微泛紅，表情困惑地望向士道。

「呃，我說，你為什麼突然掀我的裙子？」

「抱……抱歉。」

士道老實地道歉後，士織便像是察覺到什麼似的，嘆了一大口氣。

「……所以呢？其他選項是什麼？」

「咦？」

士道瞪大雙眼。這也難怪，畢竟被精靈說中選項的事。

不過，士織也不是現在才表現出這種能力。士道一臉抱歉地縮起肩膀回答：

「……①牽手；②摟肩。就是這樣……」

「我說怎麼樣也是①吧！就算退個一百步來說，頂多也是②吧！」

「……！對吧！妳也這麼想吧！」

「那是當然吧，突然掀女生裙子也太扯了！反正選③的，肯定是神無月先生、中津川先生他們吧！」

「嗯，那兩個人絕對有投票！神無月先生甚至有可能是為了掀裙子後被打巴掌才選的！」

「有可能！那個人絕對有可能！」

「好歹也為執行的人著想一下吧！」

……一個勁兒地大喊後，兩人彼此瞪大雙眼，回過神來。

「總、總覺得……不好意思。」

「不，我才是，突然那麼激動……」

兩人如此說道，「啊哈哈」地苦笑……儘管情非得已，但感覺因為掀裙子一事反而引出彼此的真心話。

「…………」

然後——這出乎意料的對話令士道的腦海冒出一種可能性。

士織——雖然不知為何得不到其他人的認同——長得跟士道一模一樣，並且擁有某種程度的〈拉塔托斯克〉知識，就剛才的反應來看，似乎也跟士道擁有相近的想法。

既然如此——

「……欸，我想去一個地方，妳可以陪我去嗎？」

「呃……也就是說，是去約會嘍？」

士織微微抬起視線說道。

看她做出這種反應，士道也感到有些難為情。他也微微羞紅雙頰，點頭回答：

「唔、嗯，算是吧。」

「……好的，非常樂意。開始──我們的戰爭吧？」

「呃，妳連這個都知道喔！」

「啊哈哈……我很想說一次看看。」

士織有些不好意思地笑道。士道突然莞爾一笑，點了點頭，然後帶著士織走向街頭。

十幾分鐘後，士道與士織抵達某個場所。

「好了，士織──這裡就是以人類的睿智打造出來的理想國度！」

「這、這裡是……」

士道猛力張開雙手說道，士織便吃驚地瞪大雙眼。

因為擴展在四周的，是廣大用地上一排又一排的商品架，與羅列於架上的數量龐大的物品。

林林總總，掃除用品、洗滌用品到工藝用品，甚至感覺與日常生活相關的用品一應俱全。

沒錯，也就是所謂的量販店。

至少不是會帶花樣年華的女孩子來約會的場所。不過士道有莫名的信心，堅信士織一定——

「——！士、士道！你看！這個衣架，掛的部分是可動式的，不會傷到T恤的領口！」

士織拿起便利商品大聲說道。士道也跟著興奮地回答：

「妳說什麼！而且構造上只要拉一下T恤就能拿下來了……！」

「是的！啊，這是洗完枕頭就能直接拿去曬的洗衣網……！」

「妳看這個，是利用高溫蒸氣去油汙的清潔用品！」

「啊啊！轉眼間油汙就清潔溜溜了！」

兩人像孩子般眼神閃閃發光，充分享受了一段逛量販店的快樂時光。

經過數十分鐘後。

兩人盡情逛完便利商品（順便購買了一部分商品）後，在量販店附設的園藝店裡興致勃勃地看著菜苗。

「嗯～～我從很久以前就對家庭菜園有興趣了，但果然很難照料吧。」

「沒那回事啦。只要有庭院大小的空間就足夠了，像小番茄、青椒、茄子這類的蔬菜，初學者也很容易種植。」

「原來如此……要不要挑戰看看呢？」

兩人正經八百地談論這種話題。順帶一提，園藝店裡也有許多美麗的花苗，但士道與士織看的全是能吃的菜苗。

「還有我覺得種香草類的也很方便喔。想要加點香味時，只要摘下一片葉子就行了。」

「啊，這樣不錯耶，去商店買很容易剩下來。不過，香草似乎繁殖力很強，必須和其他蔬菜分開，用盆栽種才行。」

「啊，另外如果菜莖長蚜蟲，只要用噴霧器裝牛奶來噴就能驅除。」

「什麼……竟然有這種小祕方……！」

士道瞪大雙眼，士織便開心地笑了。

又過了數十分鐘。

兩人在路邊的超市情緒高漲到了極點。

「士織！我搶到兩盒雞蛋了！」

「我也搶到兩盒保鮮膜和兩盒鋁箔紙！」

「很好，剩下的特價品是──」

「啊！廁紙一百八十八圓……！一人限買一袋！」

「真的假的！我們快去搶，士織！」

「好！」

兩人來到附近超市的特價區，穿梭在強而有力又精力旺盛的主婦之間，搶購目標特價品。

這時，擴音器傳出店員的聲音。

『──呃～～現在精肉區開始特價，國產牛肉塊一百公克只賣兩百九十八圓，兩百九十八圓。如此優惠的價格，只有今天才有。務必把握這次的機會──』

「……！什麼！傳單上可沒寫耶……！」

「呵……！真是受不了，這就是戰場的現實嗎……！」

士道與士織四目相交了一下，不約而同地邪佞一笑，投身於主婦們的戰場中。

◇

「唔～～……」

飄浮於天宮市上空一萬五千公尺的空中艦艇〈佛拉克西納斯〉。琴里在艦長席上看著顯示出士道與士織的主螢幕，面有難色地低吟。

「好感度良好，精神狀態穩定……只看數值，感覺進行得很順利……」

琴里上下移動嘴裡含著的加倍佳糖果棒說道。於是，位於艦橋下段的船員苦笑道：

「與其說約會，感覺比較像是跟男生朋友出去玩……」

「……就是說啊。」

琴里以手扶額，嘆了一口氣。

沒錯。兩人看起來玩得十分開心，數值方面也沒什麼大問題。但實際上卻差那麼臨門一腳才能達到可以封印的區域，簡直就是好哥們的感覺……不，他們逛的不是遊樂場或速食店，而是量販店和超市，真要說的話，說是主婦朋友或許比較貼切吧。

「大概是因為兩人的興趣和嗜好相似得嚇人吧……士道感覺也玩得很開心。」

琴里一臉苦惱地盤起胳膊。

「不過……這樣下去可不妙。不論好壞，兩人的關係都已逐漸穩定，要是完全走好哥們路線就難以挽回了。只差一步——只要發生一點點會對士道怦然心動的事情，應該就能達到可以封印的區域了……」

琴里又看了一眼開朗地對彼此笑的士道與士織，一臉為難地摸著下巴。

◇

「呼～～……大豐收呢。」

「是啊，妳很厲害嘛，士織，竟然能在特賣區如此輕快地移動。」

「啊哈哈，交給我吧。這種事我很擅長。」

士道與士織在超市經過一番殊死戰後，兩手抱著一堆戰利品走在路上。奇妙的連帶感。共同征戰沙場的兩人之間早已萌生出戰友般的信賴關係——有這種感覺。

……呃，當然士道也明白，今天的約會行程無限接近於失敗。

逛量販店、園藝店，最後是去超市搶特價品。若對象是普通的女生，最壞的結局是當場得到一巴掌，之後謝謝不聯絡也不足為奇。

不過正如士道所料，士織的興趣與嗜好與他非常相像，欣然奉陪這些行程。實際上，聽琴里說，數值方面也十分良好。

但也被她指摘，士織的精神狀態是把他當作好哥們才逐漸趨於穩定。為了封印她的靈力，必須讓她對士道感到有些心動——

就在士道思考著這種事情的時候，士織像是察覺到他的心思般苦笑道：

「……老實說，我玩得超開心的，但光是這樣大概沒辦法封印吧……？」

「……妳真的很敏銳耶……」

士道露出和士織相似的苦笑回答後，士織便做出沉思的動作一會兒，再次開口：

「這個嘛……那個，我覺得居家型男人很有魅力喔。」

「咦？」

士織突然冒出這句話，令士道雙眼圓睜。於是，士織有些難為情地臉頰泛紅，接著說：

「所以，如果你能為我下廚，做的菜比我自己做的好吃……我可能會有點心動喔……」

士織如此說道，開玩笑似的發出「啊哈哈」的笑聲。

不過，這次士道沒有回以笑容，而是以認真的表情低聲沉吟。

「做菜啊……」

在父母經常不在的五河家，掌管廚房的就是士道。若有人問他專長是什麼，他就算回答烹飪也完全沒問題。士道自認論廚藝，他算是十分拿手。

「——好，我知道了。我來挑戰看看吧。我也想把買來的食材放進冰箱，地點先定在我家可以嗎？」

「！好，當然可以！」

士織表情一亮，點頭答應。士道與士織一同前往五河家。

超市與五河家距離並不遠，兩人不久後便抵達五河家。

當士道回到家，洗完手，正把食材冰進冰箱時，士織卻穿上士道的圍裙，捲起衣袖。

「士織？不是由我來下廚嗎？」

「是啊。但我不是有說嗎——如果你做的菜比我做的好吃。所以不先讓你知道我的手藝不就不公平了嗎？」

士道詢問後，士織便面帶微笑如此回答。

看來士織也對自己的廚藝頗有自信。士道說了一句「有意思」後，便擺出來地區預賽偵察敵情的敵校學生般的姿勢，靠在牆壁上點了點頭。

「那就讓我拜見一下妳的廚藝吧。」

「好的。既然難得買了牛肉，就來做燉牛肉吧。」

於是，士織微微勾起嘴角，隨後猛然舉起右手。

「〈終極侍女〉！」

接著呼喚這個名字，下一瞬間，士織的手中便顯現出棉被除塵拍附上翅膀設計的天使。

不過，並未到此為止。

「——【美味禮讚】！」

士織如此吶喊後，天使便分解成零碎的零件，變化成別的模樣。

——變成看似鋒利的萬能菜刀的形狀。

「喔喔……！」

士道發出吃驚的聲音，士織便得意洋洋地微微一笑，在手上耍了幾圈菜刀後，開始切擱在砧板上的食材。

「喝啊啊啊啊啊啊啊！」

隨著驚人的氣勢，食材瞬間被切成適當的大小——不，不只如此。士織切完的食材宛如料理漫畫中畫的那樣閃閃發光，描繪出一道弧線，自動扔進鍋子裡。

「呼——！」

士織打開瓦斯爐後，甩動鍋子，流暢地料理食物。

於是，過了約五分鐘。

「——來，做好了。趁熱吃吧！」

士織將完成的菜餚裝盤，和不知不覺間做好的沙拉、烤好的麵包一起擺到餐桌上。

「什麼……！太荒謬了……！」

士道目睹這令人難以置信的光景後，瞪大了雙眼——速度顯然快得不可思議，怎麼可能在這麼短的時間內做好燉牛肉。

不過，端到他眼前的燉牛肉完成度簡直無可挑剔，完美無缺。

「呵呵，等你吃完再評論吧。」

大概是察覺到士道內心的波動，只見士織彬彬有禮地催促道。

士道聞到飄散四周的難以言喻的香氣後，嚥了口水，並且拿起湯匙——用微微顫抖的手將燉牛肉送到口中。

「————」

——真是美味。

腦海裡瞬間充斥著這個感想。

味道濃郁得像是燉煮了好幾天，牛肉柔軟得用舌頭就能壓碎，蔬菜保持芳香濕潤的甘甜滋味，又不會喧賓奪主——它們融合為一體，在士道的舌尖上建築永遠的樂土。

如此美味的極品簡直堪稱神品。士道的眼眶甚至微微泛淚。

「太、太美味了……」

士道聲音顫抖著如此說道，士織便開心地露出微笑。

「對吧？我的天使〈終極侍女〉能將所有食材發揮到最棒的狀態。」

她說完這句話後，舉起菜刀形狀的天使。原來如此，這至高無上的美味確實只能用天使之力來形容。

「不過，如你所見，我是精靈，就算特地做了菜，也不知道能給誰品嚐就是了。」

「是、是這樣嗎？太可惜了……」

「啊哈哈，能聽到你這樣說，真是令人開心。我偶爾會自己吃，不過精靈跟人類不同，不用每天吃飯也不會死。算是英雄無用武之地吧。」

士織無奈地苦笑道。

的確令人感到非常遺憾。能將食材的味道發揮至極的天使，與操縱天使的士織卓越的手藝。如果能每天吃到這樣的料理該有多幸福啊。光是想到這一點——

『——欸，士道！你反過來對她動心是怎樣啦！』

「…………啊！」

琴里的吶喊聲刺進鼓膜，士道這才回過神來。

好險。明知她的容貌跟自己一模一樣——卻因為太過美味，差點想像了一下她當年輕太太的模樣。士道將手擱在胸口，壓抑仍然小鹿亂撞的心臟。

——不過，這下可傷腦筋了。士道自認廚藝還算精湛，但面對如此出神入化的滋味，自己的廚藝簡直像是兒戲。就算拜託〈拉塔托斯克〉準備各種高級食材，想必也贏不了士織吧。士道腦海裡想著這件事，手卻不斷將燉牛肉送進嘴裡。再來一盤。要用料理讓擁有這個天使和廚藝的士織感動，果然是——

「…………」

瞬間，士道的腦海掠過一種可能性。

「士道，你怎麼了？還有很多喔。」

「咦！真的嗎——不對。呃，再來一盤是一定要的，但先不討論這個……」

士道清了一下喉嚨，重新打起精神後，目不轉睛地盯著士織的眼睛。

「——我的料理需要花一點時間準備。請妳吃晚餐可以嗎？」

「咦？」

士織聽了士道說的話，露出狐疑的表情。

◇

——然後過了數小時。

「喔喔，士道，你來了啊！」

「嗯，準備完畢了喔，郎君。」

「我很期待……」

士道帶士織來到精靈公寓的後院，齊聚一堂的精靈同時將視線投向他。

十香、四糸乃、七罪、六喰、耶俱矢、夕弦、折紙、美九、二亞，以及本應待在〈佛拉克西納斯〉的琴里，都聚集到一塊。

當然，這麼多人不可能剛好湊在一起。是剛才士道聯絡所有人，說明狀況後，請她們過來這裡集合的。

「呃，這……」

突然被許多少女包圍的士織有些困惑地苦笑。相反的，精靈們一看見士織的身影，便興味盎然地眼神閃閃發光。

「呵呵！汝便是士道所說的新精靈嗎？本宮名為耶俱矢。颶風皇女八舞耶俱矢！銘記本宮的尊姓大名吧！」

「問候。妳好，妳叫——士織對吧？我叫夕弦。這位不叫八舞夕弦的人是耶俱矢。」

「可以不要這樣介紹我嗎！」

「哈哈……請多指教。」

士織與精靈們互相打招呼。該說果不其然嗎？儘管起初有些吃驚，但氣氛和睦得不像是初次見面。

不過，有一部分精靈——

「呀啊啊啊啊啊！新的精靈也是個大美人呢～～～！而且感覺曾在哪裡見過呢～～！是命中注定嗎！是命中注定吧！妳相信前世嗎～～！妳前世大概跟人家是一對情侶吧！」

「……！不可思議。照理說只會對士道產生反應的小折折感應器，竟然顯示出反應。按快門的手停不下來。士道，再靠近士織一點。我想把你們兩人同時存在的奇蹟收藏在記憶卡裡。」

……情緒莫名高漲。士織也不得不露出苦笑。

「……士道、士道。」

其中有一名少女輕聲呼喚士道，並且用手肘撞了撞他的側腹部——是琴里。

「我姑且按照你的指示準備好了，這樣真的沒問題嗎……？」

「嗯～～……不知道耶，應該沒問題吧？」

「真是不乾不脆呢……」

琴里眯起眼睛瞪了士道——然後聳聳肩，嘆了一口氣。

「唉，算了。欠缺致勝的一擊是事實，這時就相信有直接接觸過士織的你吧。」

「喔。」

士道輕輕點點頭後，逃離美九與折紙魔掌的士織一臉疑惑地對士道說：

「所以……你到底要做什麼？不是要做晚餐給我吃嗎……」

「嗯？當然要做啊。」

士道如此說完便張開手指向大家。

「——大家一起做。」

「咦……？」

士織驚愕地瞪大雙眼。

這時，聚集在後院的精靈們往左右移動，把那裡準備好的東西秀給士織看。

大鍋子、炊飯盒、用磚頭蓋成的灶，以及一大堆各式各樣的食材。

「這是……」

「我想如果要大家一起做，咖哩是最保險的吧。」

「這、這樣啊……」

士織一臉仍搞不清楚狀況的表情。

士道豎起大拇指像在表達「妳看了就知道」後，扯開嗓子對大家發號施令：

「好！那大家就開始吧！」

「「喔～～！」」

所有人一齊舉起拳頭回答士道。慢了一拍後，士織也跟著回答：「喔、喔～～」猶豫不決地加入了。

——於是，精靈們的野外自炊便開始了。

分成咖哩組、米飯組、生火組，大家各自進行工作。在臺子上擺好砧板切肉、切菜，還有洗米，或是將木柴點火。

但並不是所有人都對分派到的工作得心應手，數名精靈立刻開始放聲說話：

「唔嗯……馬鈴薯皮著實難削呢……」

「感覺眼睛好癢喔……」

「喝啊！焦熱業火焰（Scharlachrot Feuer）！……呃，完全點不起來耶！」

「啊啊，我來教妳們……」

士道正想教她們時，士織搶先一步反射性地走向大家。

「——六喰，勉強用菜刀削馬鈴薯皮很危險，用削皮器削就好。四糸乃，戴蛙鏡切洋蔥，眼睛就不會痛了。方便的話，妳可以試看看。還有耶倶矢，突然用那麼粗的木柴點火很難點燃，先把報紙揉成一團……」

然後俐落地下達指示。精靈們點點頭像在表達「原來如此！」回到各自的工作崗位。

這時，大概是察覺到士道和琴里的視線，士織表現出一副赫然驚覺的模樣，肩膀抖了一下。

「啊，不好意思……我多管閒事了。」

「妳在說什麼啊，士織。」

「就是說啊，反而幫了大忙。有許多人還不習慣，如果妳不介意，麻煩多照顧她們一下。」

琴里和士道說完，他們的背後傳來悠哉的笑聲——是二亞。她坐在椅子上，心情愉悅地喝著罐裝啤酒。

「欸嘿嘿，哎呀～～遇到這種事情馬上做出行動，真是了不起呢，小織織。簡直就跟少年一樣喵～～可以當個賢妻良母了～～」

「……為什麼像我就可以當賢妻良母啊？」

「話說，為什麼大家在忙，二亞妳卻早早就開啤酒來喝了？」

「唔唔！」

二亞被琴里狠瞪，明顯心虛了一下。

不過，二亞並未被繼續追究，因為這時砧板那邊正巧傳來求助聲。

「呀～～！胡蘿蔔掉進人家的胸部了～～！幫人家拿出來，士織～～～～！」

「——士織，我不小心切到手指了。幫我舔傷口。」

「呃，這個……」

……姑且算是求救聲沒錯。士織有些困惑地將眉毛皺成八字形，臉頰流下汗水。

——雖然發生了這樣的小插曲，但基本上大家都很認真在料理，花了約一個小時，精靈特製咖哩便完成了。

難得在野外自炊，當然還是在天空底下享用最好。士道一行人在公寓後院設置露營用的桌椅，大家並排而坐。

將咖哩盛到各自的盤子裡，愛裝多少就裝多少——然後雙手合十。

「那麼，我們開動吧。」

「「開動了！」」

精靈們輕輕點頭呼應士道後，同時拿起湯匙。

舀起適量的咖哩和白飯，送到口中。

「喔喔……！好好吃喔，士道！這個真的是我們做的嗎？」

「……嗯，算普通吧？是不難吃啦……」

「七果又說這種話了～～真是不坦率～～」

大家七嘴八舌熱鬧地聊天，一邊吃自己做的咖哩飯，好吃得直咋舌。

士道滿足地望著這一幕，然後將視線投向坐在隔壁的士織。

「士織，妳也吃吃看吧？」

「！好的……我要開動了。」

原本與士道一樣看著精靈們談天的士織也模仿大家，用湯匙舀起咖哩，直盯著咖哩看了一會兒後才送進嘴裡。

接著像在仔細品嚐味道似的嚼了片刻。大概是發現士織的舉動，精靈們暫且停下手邊動作，望向她，等待她的感想。

士織「咕嘟」一聲把咖哩嚥下肚。

然後「呼」地吐了氣——微微抬起頭望向遠方。

「啊啊——真好吃。」

「「…………！」」

聽了士織說的話，精靈們瞬間情緒高漲了起來。

士織以笑容回應她們，再次吐了一口氣後望向士道。

「……我都不知道，大家一起做飯、一起吃飯，竟然會這麼好吃。」

然後感慨萬千地如此說道。

沒錯。雖然士織的容貌、思考方式和興趣嗜好都與士道十分相似，卻有一個決定性的不同。

那就是她是精靈，因此——不知道大家一起吃飯的樂趣。

士織借用天使之力所做的料理確實堪稱人間極品，而士道等人面前的咖哩，就算恭維也難以說是完美。蔬菜切得大小不一，偶爾還會看見燒焦的部分。

不過——大家齊力完成，一起品嚐的滋味，箇中甜美不會輸給任何料理。

至少比起獨自品嚐人間極品，士道更喜歡大家一起吃的大眾料理，他相信士織肯定也一樣。

就在士道一臉滿足地面帶微笑時，士織嘟起嘴唇。

「……不過，我覺得士道你的做法有一點奸詐呢。」

「咦？會、會嗎？」

「會啊。做菜的又不只你一個人……就各種意義來說，算是居家型沒錯啦……」

然後用有些鬧彆扭的語氣如此說道。士道笑著聳了聳肩回答：「抱歉、抱歉。」

就在這一瞬間——

「……！」

一直戴著的耳麥傳來警鈴般的聲音。

那個聲音十分耳熟，是精靈的好感度到達可以封印區域時的信號。

「……！」

看來琴里也戴著耳麥。她對士道使了個眼色，像在示意他：「上啊！」

「現、現在嗎……？」

琴里用力點了點頭回答。士道嘆了一口氣，面向士織。

「啊～～……我說，士織。」

「嗯？什麼事？」

「呃，那個……就是啊，好像……是現在的樣子。」

「…………啊！……啊～～」

士道吞吞吐吐地說道，士織便像理解一切似的羞紅了臉頰。

「……這樣啊。那就來吧……我剛才確實有點心動的樣子……」

「……喔，總覺得……不好意思。」

「不會……別在意。那麼……呃……要親嗎？」

「這個嘛……嗯，說的也是……來吧……」

「啊啊，真是的，急死人了！」

正當士道與士織在尋找適當的時機時，琴里不耐煩地一把抓住兩人的後頸，把兩人拉起來。

「好了，快點去旁邊解決！」

「喔，好……」

「那、那我們走吧……」

士道與士織踩著緩慢的步伐走在公寓後側，深呼吸一大口氣後面對面。

接著凝視彼此的眼睛，搭著對方的肩膀——

就在這時，發現美九、折紙與二亞壓低姿勢，拿著智慧型手機拍攝。只有折紙拿的是單眼相機。

「…………」

「……妳們在幹什麼？」

「沒有啊！不要在意我們～～！」

「沒有任何問題。來，快點。」

「我在收集資料！不會流出去的！」

三人快嘴地催促。

不過下一瞬間，響起「叩、叩、喀！」的逗趣聲音，琴里的鐵拳落到三人頭上。

「好了好了，咖哩要冷掉了喔。」

「怎麼這樣～～！人家會心癢難耐啦～～～～！」

「放開我，琴里。我必須補捉這歷史性的瞬間。」

「話說，妹妹妳怎麼只揍我揍得那麼用力！」

三人一邊呻吟一邊被拖走。

目送三人離開後，士道和士織再次面對面。

「……那麼，請多指教。」

「……不，我才要請你多多指教。」

「…………」

「…………」

「……哈哈！」

「……呵呵。」

不知為何，兩人一對看就忍不住笑了出來。

這幅光景難以說是浪漫。不過，與士織接吻，肯定比較適合這樣的氣氛吧。士道在士織莞爾一笑的瞬間，一把拉過她的肩，四唇交疊。

——透過親吻，感覺有一股暖流流進體內。那無疑是成功封印靈力時的特徵。

順帶一提，明明封印了靈力，士織的衣服卻沒有化為光消失。恐怕她身上穿的不是用靈裝變化而成的衣服，而是真正的服裝吧——宛如早已預料到這種結局而事先準備好的。

「……回去吧。」

「……說的也是。」

士道與士織聳聳肩，對彼此這麼說完便回到大家身邊。

不過——這段期間，兩人並沒有對看。

兩人確實感到害羞和尷尬。

不過，最主要的理由是——

有一點。只有一點點。

「…………」

跟自己容貌相同的精靈接吻，有種像在做壞事的莫名興奮感。

拉下布幕的是

End of Nightmare

DATE A LIVE ENCORE 8

「嗯……」

士道輕聲呻吟，同時清醒過來。

不——士道本身也不知道用清醒一詞來表示現在的狀況是否合適。有從深水中探出水面的感覺，但沒有從夢境回到現實的實際感受。意識逐漸清晰——不，正因為逐漸清晰，才更對自己身處的狀況感到不對勁。

就好比「在夢中清醒」的奇妙感覺。所謂的清醒夢，就是指這樣的狀態吧。士道輕輕甩了甩頭，環顧四周。

「……這裡是怎麼回事？」

至少士道立刻便明白這裡不是自己的房間，而是一片漆黑的幽暗空間。直到剛才躺的地方也不是自己熟悉的床，而是堅硬的地面……不過就連那塊地面，重新用力踩踏後，觸感像土、像橡膠，又像鐵一樣，令士道感到困惑。

包圍自己的一切全都曖昧不明、模糊不清，真是個奇妙的空間。這世界只能用簡直像置身於夢境來形容。

就在這時——

「……！」

士道微微屏住呼吸。

因為甚至無法推測蔓延至何方的黑暗之中亮起微光，隨後那道光芒逐漸化為少女的姿態。

美麗的烏黑秀髮，白皙的面容。是失去了意識嗎？全身癱軟躺在地上。

「十香……！」

士道看見那個身影，不禁大喊，奔向少女身邊。

沒錯。出現在那裡的，正是士道的同班同學，同時也是精靈夜刀神十香本人。

「十香，妳沒事吧？十香！」

「嗯……唔……？」

士道抱起十香搖晃她的肩膀後，她便眨了幾次眼，發出微弱的聲音，接著打了一個大哈欠。

看來與其說失去意識，似乎是睡著了。

「……怎麼了，魔法師？是發生什麼問題了嗎？」

「咦？」

聽見十香說的話，士道一雙眼睛瞪得老大。

於是，十香看見士道一臉疑惑的樣子，微微皺起眉頭。

「唔……？不是魔法師嗎？啊啊，對喔，你是實習老師……不對，還是編輯？」

「十香？妳到底在說什麼——」

瞬間，士道覺得頭有點痛。

「唔……！」

同時，朦朧的光景掠過腦海。持劍的十香，與之對峙的國王。因二亞的法術變成貓的士道屏息凝氣地觀看兩人的戰爭。

不，不只如此。士道的腦海還浮現自己成為實習老師、編輯、武士的片斷光景——甚至是攻略長相根本就是自己的精靈的光景。

「這是……什麼啊……」

士道困惑地皺起臉。奇妙的記憶碎片。不只是自己，連精靈們都以與現實不同的角色到了有別於現實的世界般的強烈異樣感。不過，那些記憶卻伴隨著說是妄想或幻想又過於強烈的真實感，烙印在士道的腦海裡。

「這些記憶……到底是……」

「嗯……唔……？」

當士道按住額頭呻吟時，十香突然瞪大雙眼，猛然坐起身。

「士道！」

「嗚哇！」

士道被十香突如其來的舉動嚇到，差點倒向後方，好險十香及時支撐住他才沒事。

「抱歉，嚇到你了。」

「哈哈……不會，沒關係啦。話說，十香，妳認得我嗎？」

「唔？你在說什麼啊，士道不就是士道嗎？……唔？不過，這是什麼感覺啊……我問個題外話，士道你以前曾經是貓嗎？」

面對士道的提問，十香表情狐疑地如此回答。果然十香似乎也擁有跟士道同樣的記憶。

不過，士道和十香暫且中斷對於奇妙記憶的對話。

「……！」

理由很單純。因為周圍亮起了好幾個朦朧的光芒，隨後那些光芒全都變成躺在地上的少女姿態。

折紙、琴里、四糸乃、耶俱矢、夕弦、美九、七罪、二亞、六喰——總共九名精靈，都像剛才的十香那樣，全身癱軟地出現在漆黑的空間中。

「什麼……！」

「大家！沒事吧！」

士道與十香連忙起身，衝到大家的身邊，搖晃她們的肩膀呼喚她們。

所幸她們似乎也只是睡著了。大家像在回應士道與十香的呼喚，不是搓揉著雙眼就是邊打哈欠邊坐起來。

「啊……早安……」

「呼啊……士道，你怎麼了，怎麼這麼慌張？」

「啊！不好意思，我不小心睡著了，今天之內一定……！……呃，什麼嘛，原來是少年喔。真是的，別嚇我啦～」

所有精靈各自做出反應，睜開眼睛。一看見彼此的臉龐，便一臉納悶地歪了頭。

「……唔？妾身不是被郎君贖身了嗎……？」

「咦……妹妹七罪呢……呃，說起來，我有妹妹嗎？」

「不好了，達令！士織不見了！……嗯？士織就是達令，達令就是士織？咦！現在的達令是哪一個？」

「交給我吧。我立刻調查。」

折紙朝美九豎起大拇指後，手就撫上士道的衣服。士道連忙逃離她的魔掌，發出哀號般的聲音。

「冷、冷靜點，折紙！現在不是做這種事情的時候！」

「……？」

士道說完，折紙這才像是發現了充斥周圍的異常，環顧四周。

「這裡是哪裡？」

然後透露出些許困惑，提出疑問。於是，大家似乎也察覺到四周的情況，有些人不安，有些人則是疑惑地望向這片漆黑的空間。

「嗚哇，這裡是怎樣啊，烏漆抹黑的。我昨天應該在自己的房間睡覺吧？怎麼會？是在我睡覺時把我搬到這裡來的嗎？整人大作戰？」

「……至少不是〈拉塔托斯克〉幹的。」

琴里一邊警惕一邊對目瞪口呆的二亞說道。精靈們大概都聽到了，只見她們之間充滿緊張的氣氛。

不過，這也無可厚非吧。畢竟原本睡在不同場所的精靈們會齊聚一堂，無非是有人將大家聚集在一起。

──如果不是〈拉塔托斯克〉，那究竟是誰，又是基於何種目的做出這種事？

「…………」

士道像是要甩掉掠過腦海的討厭想像，甩了甩頭後面向大家。

「總、總之，來找出口吧。雖然黑漆漆的什麼都看不見，但走著走著，應該能找到牆壁。」

「……嗯，也是。一直呆站在這裡也不是辦法，開始行動吧。大家手牽手，別走散了──」

然而，就在琴里說到這裡的下一瞬間。

「——嘻嘻嘻。別白費功夫了。」

黑暗深淵響起這樣的聲音。

「什麼——！」

「這聲音，該不會是——」

精靈們反射性地抬起頭，彼此背對背散開，採取備戰狀態。

然而，周圍仍舊一片黑暗，根本找不到聲音主人的身影。不，別說找不到，甚至連聲音是從哪裡傳出來的都無法確定，只有斷斷續續的笑聲迴盪四周。

「哼，混進黑暗之中嗎？看來是怕我們怕得要命呢！」

「嘲笑。還是說，不敢現身。是剪瀏海剪失敗了嗎？」

八舞姊妹嗤之以鼻地說道，聲音的主人便更加愉悅地笑了。

「呵呵呵。真是顯而易見的挑釁呢——不過，繼續這樣下去也沒什麼意思，我就稱了妳們的意吧。」

下一瞬間，像在呼應這道聲音似的，四周亮起如鬼火般的亮光。

「嗚喔……！」

「什、什麼……！」

於是，靠著這朦朧的亮光得以窺見至今一片漆黑的周圍樣貌。

擁有無數銳利尖塔的巨大城堡。塔上星星點點的亮光，將那刃樹劍山的地獄般景象照耀得夢幻中又帶點不祥的氣氛。

「「……！」」

不過，在這樣衝擊的光景中，精靈們立刻將視線集中在一點。

理由很單純。因為有一名熟識的少女優雅地坐在高聳的塔上。

「——呵呵，各位，你們好呀。」

「狂三！果然是妳……！」

看見她的身影，士道不由得大喊。

綁成左右不均等的黑色長髮，白瓷般剔透的肌膚，以及——刻劃時間的金色左眼。

沒錯。坐在那裡的，正是最邪惡精靈，時崎狂三本人。

「是的、是的。我好想你啊，士道。」

聽見士道的呼喚聲，狂三戲謔地拍了拍手。不過，她那爽朗的模樣，也沒讓精靈們看出任何破綻。

然而，這也是理所當然。因為自己一行人所處的異常狀況，以及剛才發生的奇妙現象，顯然都與狂三有關。

「狂三……！這是妳幹的好事嗎！這裡究竟是哪裡！」

「呵呵呵，妳冷靜一點嘛，十香。」

狂三嘻嘻嗤笑回應十香的吶喊後，像是要從塔上跳下來似的將身體往前傾。

於是下一瞬間，狂三的身影便消失在虛空中。

「什麼……！」

「消、消失了……？」

精靈們的口中透露出慌亂與動搖。大家東張西望，尋找突然消失蹤影的狂三。

然而——

「——呵呵呵。你們在找哪位啊？」

「「……！」」

背後響起這樣的笑聲，精靈們同時回過頭。

沒錯。因為狂三就出現在精靈們背對背組成圓形陣法的中心。

「怎、怎麼會……？」

「剛才……到底是……」

當大家加強警戒並露出困惑的表情時，狂三忍俊不禁地破顏而笑。

「別那麼驚訝嘛。無論發生什麼事都沒什麼好奇妙的——因為，一切都『只是夢』呀。」

「夢……？」

狂三說的這句話令士道皺起眉頭。狂三點點頭回答「沒錯」，並且朝地面蹬了一下。

配合這個動作，狂三的身影再次消失，隨後換成出現在士道等人的前方。

「——這裡是夢中，妄想與幻想交錯的非現實。各位現在不過是暫時『在夢中，從夢境清醒』罷了。」

狂三踏著跳舞般的緩慢步伐一邊走一邊說。這句話更加深了精靈們的困惑之色。

話雖如此，士道並不認為狂三在說謊。

因為從剛才士道也一直有種處於夢中的感覺——況且，眼前已經出現過好幾種只能用夢境才解釋得通的現象。

另外，殘留在腦海裡的奇妙記憶也一樣。倘若一切都是夢，就能解釋那些荒誕不經的狀況。

不過——假如真是如此，有一件事令士道無法理解。他直盯著狂三問：

「……假如這裡是夢中，妳和這些精靈全是我想像中的登場人物嗎？」

沒錯，這就是士道的疑問。他知道自己是士道，而倘若這是夢，那麼除了士道以外的所有人事物都是虛構的吧。

可是，精靈們的言行舉止都像是她們本身會做出來的。重點是，士道不明白理應是夢中登場人物的狂三，為何要特地來告知「這裡是夢中」。

……不過，若是說包括這一切全都是夢，士道也無可奈何。

然而，聽見士道提出的疑問後，狂三卻勾起嘴角邪佞一笑。

「不是。現場的所有精靈都跟士道你一樣是本人——正確來說，應該是精靈本身的意識。」

狂三以裝模作樣的誇張動作轉過身如此說道。站在士道旁邊的琴里聞言，皺起眉頭，交抱著雙臂。

「……我確實有自我意識——但這到底是怎麼回事啊？難道說，我們所有人都在作同一個夢嗎？」

「是的、是的。各位感情融洽地作著同一個夢——『是我將你們的夢連接在一起的』。」

「妳說什麼……？」

琴里表情嚴肅地加強警戒。相對地，狂三卻不怎麼在意，只是開懷地笑了笑。

「——狂三，妳到底有何目的？該不會是想看我們被妳玩弄在股掌之間的模樣吧？」

「呵呵呵，也有這個原因喔。大家的夢非常有意思呢，沒想到連士織都出現了。」

「……！那、那果然是妳幹的好事！」

士道雙眼圓睜大喊後，狂三便無奈地聳聳肩。

「冤枉啊，我終究只是把大家的夢連結在一起而已，沒有干涉內容。應該只是某個精靈內心的願望出現在夢裡了吧？至於是誰的願望，我可就不得而知了。」

「達令，是這樣嗎？」

聽見狂三說的話，美九的眼睛發出耀眼的光芒。士道將手放在她的頭上，用力將她的視線轉開。

「妳眼神在閃閃發光個什麼勁啊，不是我啦！話說最可疑的是妳好嗎，美九！」

「討厭啦～～達令真是壞心眼～～」

「啊啊，真是的，給我安靜一點。」

琴里開口制止士道與美九，再次望向狂三。

「狂三，妳說這也是原因之一吧。妳這個精靈，應該不會只憑好玩、尋開心這點理由，就做出這種事──說吧，妳的目的是什麼？」

「──嘻嘻嘻。」

琴里毫不掩飾語氣中帶有的敵意如此說道，狂三便打從心底開心地笑道：

「目的？妳說目的？事到如今妳還在問。我的願望不是老早就告訴你們了嗎──就是得到士道封印的靈力。」

「……！」

狂三發出不同於先前的笑聲，令琴里輕輕屏住呼吸。

狂三依舊踩著跳舞般的步伐，繼續說：

「不管手段如何不同，繞了多少遠路，一切都未曾改變，一切都沒有不同。」

「妳、妳這是什麼意思？為什麼讓我們作夢會跟奪取靈力扯上關係？」

士道詢問後，狂三便將她瞇成下弦月形狀的眼睛望向士道。

「既然被士道封印的靈力有時會因為精靈的精神狀態而逆流——那麼，也有可能因作夢而內心動搖，在沉睡中靈力逆流吧？」

「……！這——」

士道無言以對，瞄了琴里一眼——琴里大概是察覺到他的視線，只見她臉頰冒出汗水，輕輕點了點頭。

「……的確有可能。過去有偵測到幾次些許靈力在睡眠中流動的例子——」

「……唔。」

這麼一說，確實有道理。像七罪光是想起討厭的事就能讓靈力逆流，如果作了惡夢，就算發生同樣的現象也不足為奇。

「我利用我的影子吸收那些逆流的靈力。通常精靈會感受到不對勁而清醒，但若是將她們的意識囚禁在夢境的牢籠之中，就無法反抗了吧？——讓她們沉浸夢中，吸食她們的靈力——呵呵呵，不覺得這方法很符合人類為我取的識別名〈夢魘(Nightmare)〉嗎？」

「什麼……！」

「吸食妾身等人之靈力嗎……？」

狂三的笑聲響徹黑暗之中。精靈們表情流露出戰慄之色，一臉不安地觸碰身體、凝視雙手，確認自己有沒有異常。

然而，其中有一人從頭到尾都不曾將視線從狂三身上移開——是折紙。

「——各位，冷靜點。假如時崎狂三說的話是真的，妳們對此感到不安才有危險。」

「「……！」」

聽了折紙說的話，精靈們赫然屏住呼吸。

折紙凝視著狂三，繼續對其他人說：

「——有兩件令人費解的事。」

「咦……？」

「一件是，方法。時崎狂三說她把大家的夢連接在一起。可是，究竟是用什麼方法連接？她的天使〈刻刻帝(Zafkiel)〉不像有這種能力。」

「啊……」

聽折紙這麼一說，確實有道理。因為被狀況所震懾，一時之間沒有想到，狂三的〈刻刻帝〉是操縱時間的天使，感覺它的能力不是屬於能讓夢連結在一起的類型。

「另一件事，她現身在我們面前的理由。假如她說的話是真的，根本沒有理由特地向我們說明狀況。」

「唔……」

「的確……是如此呢。」

精靈們紛紛點頭表示認同。

折紙一根一根地豎起手指，接著說：

「因此我推斷，她不是已經奪走足夠的靈力——就是『事情的發展並未如她所願』。」

「——呵呵呵。」

聽完折紙的見解，狂三垂下視線，微微一笑。

「折紙，妳真的很聰明呢——妳說的沒錯，我的計畫還在進行當中。雖然有過幾次吸食靈力的機會，但每次快得逞時就有人攪局。」

接著她面向士道，裙子因此隨風飄揚。

「——那個人就是士道，你。」

「咦……？」

狂三的視線射向士道，令士道微微皺起眉頭。

「當我想吸食精靈們的靈力時，士道就會親吻她們，讓她們的精神狀態穩定下來——你應該不記得自己的職責了，為什麼要一直妨礙我？」

「——！啊——」

聽狂三這麼一說，士道以指尖觸摸嘴脣。

士道的確有在夢中跟精靈們接吻的印象。雖然大多是隨著事情的發展而接吻——沒想到竟然會因此守護精靈們免遭狂三的殘害。

不過，狂三並未表現出特別懊悔的模樣，反而勾起嘴角露出詭譎的笑容。

「所以，我決定採取更簡單的方法——只要在這裡折磨所有精靈或士道，就多少能擾亂你們的心思吧？」

「「……！」」

聽了狂三說的話，精靈們再次顯露出警戒的態度。十香和六喰走向前保護士道，八舞姊妹則是像野獸一樣壓低姿勢以便隨時能撲向狂三。

這時，大家的身體發出淡淡的光芒，形成限定靈裝和天使。看來即使在夢中也能顯現出限定靈裝與天使。

不過，儘管面對如此眾多的敵人，狂三的表情看來依舊游刃有餘。

「嘻嘻嘻，嘻嘻。似乎不用多說廢話了——不～～過～～你們思慮會不會太淺薄了？以為在這個夢中世界敵得過我嗎？」

狂三狂妄地笑道，猛然張開雙手。

「——我來回答折紙的第一個問題吧。我的確不是靠〈刻刻帝〉的力量才把大家的夢連結在一起，形成這個世界的。不過——你們已經體會過了吧？『讓鏡花水月實現的力量』！『讓幻想變成現實，超越人類智慧的技術』！」

狂三的身體像在呼應她的吶喊，發出淡淡的光芒。

隨後一副有別於靈裝的物體纏繞住她的身體。

「什麼……！」

「那是——」

士道與折紙的聲音重疊在一起。可以感受到折紙的聲音難得透露出些許慌亂。

不過，這也無可厚非吧。

因為狂三身上穿著的是——以黑白點綴的機械鎧甲。

「CR-Unit……！」

折紙從喉嚨擠出聲音。

沒錯。那是將顯現裝置運用在戰術上的兵裝——CR-Unit。

精靈狂三竟然身穿ＡＳＴ和ＤＥＭ的巫師用來與精靈戰鬥的裝備。

不過，若要說對那件Unit本身是否眼熟，答案卻是否定的。

那不祥又美麗的外觀既不是AST的制式裝備，也與DEM的汎用裝備不同。腰部一帶以下伸出的無數銳利物體形成裙狀的Unit，有點像蜘蛛。

「是的、是的。答得漂亮。顯現裝置——雖說遠不如天使，但其力量的通用性值得讚許。真是製造出了不起的東西呢。」

「妳怎麼會有那種東西！」

折紙詢問後，狂三便緩緩搖晃兩手的手指。

「只是從想殺我的DEM巫師那裡拿來的。CR-Unit〈阿特拉納特(Atlach-Nacha)〉，還挺可愛的喲——嘻嘻嘻。要操縱強力的武器，可不能忘記當敵人反過來利用它時的威脅！」

瞬間，狂三雙臂交叉，十根手指的指尖立刻噴出類似絲線的東西。

那些絲線纏繞住周圍聳立的巨城尖塔後，在尖塔與尖塔之間形成橋梁。

——宛如蜘蛛網。

「這是……！」

「——雷射絲線。恐怕是將產生的魔力變化成絲狀。」

折紙瞇起眼睛回答士道慌亂的提問。這時，七罪露出困惑的表情。

「……怎麼回事？不是說顯現裝置必須將晶片埋進腦袋裡才能使用嗎？」

七罪說著瞥了琴里一眼。琴里直盯著狂三回答：

「……妳說的沒錯。就算從DEM的巫師身上搶走顯現裝置，沒有從腦袋下達指令的傳送裝置，照理說是無法啟動的——可是，顯現裝置基本上是以精靈之力為範本製作而成的。雖然沒有試過，但精靈可能不用透過傳送裝置也能操控。或是——」

「或是什麼？」

「——使用分身進行開顱手術。」

「咦咦咦……」

「嘻嘻嘻——嘻！」

狂三發出笑聲打斷七罪等人的對話後，直接高高躍起，朝士道他們射出「絲線」。

「怎能讓妳得逞……！」

十香朝地面一蹬，發出如裂帛般的吶喊，揮舞手上的天使〈鏖殺公〉。

不過，狂三射出的「絲線」擋下寬度大它幾百倍的巨劍〈鏖殺公〉發出的一擊後，就這麼纏繞住十香束縛住她的行動。

「唔——！」

「十香！」

十香連同〈鏖殺公〉一起被「絲線」纏繞得不得動彈，翻滾到地面。不過，士道甚至無法奔向她的身邊，因為狂三的「絲線」在空中縱橫交錯，撒網般撲向士道。

「嗚哇……！」

「士道！」

琴里呼喚的同時，士道被人用力撞飛，因此逃過一劫，不過——

「呀——」

「……！琴里！」

幫助士道脫逃的琴里代替他成了「網」下的犧牲品，被黏在地上。

「唔——」

當然，精靈們也不會就這樣默默承受攻擊。八舞姊妹纏繞著風，發出吶喊；折紙釋放出〈滅絕天使(Metatron)〉；六喰則是以〈封解主(Michael)〉在空間開洞，試著夾擊。

不過，狂三沿著尖塔之間的「絲線」移動，巧妙地躲過那些攻擊，以發射出的「絲線」和張開的「網」捕捉八舞姊妹、折紙和六喰。

「唔！妳這混蛋！做什麼啊！正面決勝負啊！」

「卑鄙。用這種方法，妳好意思說妳戰勝我們嗎？」

「——」

「唔……動彈不得啊……」

任憑耶俱矢等人胡亂擺動手腳，強韌的「絲線」依然不動如山。

「大家……！」

「嗚哇，慘了……」

「呀～～！大家處於受到任何攻擊都無法抵抗的狀態～～！不好了～～！必須馬上去救她們才行～～！」

儘管四糸乃、七罪和美九也試圖抵抗，但不久後也跟大家一樣被「絲線」捕捉。二亞看起來什麼事都沒做，也在不知不覺間被捲成一團，滾落在地上。

「喂～～！為什麼這樣對我～～！應該還有其他方式吧！我也想以拯救少年的姿態被～～擊～～倒～～啊～～～！」

「安靜點。」

「嗯唔唔～～！」

二亞大喊不滿的嘴巴被「絲線」堵住。狂三站在遍布尖塔與尖塔之間的「絲線」上，睥睨著無力反抗的精靈們，然後望向士道。

「——呵呵呵。只剩你一個人了。」

「妳這混蛋……！」

士道緊咬牙根，集中意識——既然精靈們能顯現靈裝和天使，代表士道也可能辦到才是。

然而——

「嘻嘻嘻。不～～可以喲。」

狂三勾動手指的瞬間，「絲線」從左右側伸出纏繞住士道的手腳，將他拉向四方，呈現大字形，束縛住他的行動。

「唔……！」

「遊戲結束了。」

狂三猖狂地笑著降落到地面，踏著緩慢的步伐走向士道。

「呵呵呵——我一個人面對手持天使的眾多敵人，如果是在現實，我肯定會輸吧。不過，這裡是夢，我創造出的幻想王國。既然如此——無論你們擁有多強大的力量，都沒道理敵得過我，對吧？」

狂三帶有節奏地說著，站到士道面前。

「好了，到底要怎麼做才能讓大家心煩意亂得影響到現實呢？是疼痛？屈辱？還是——」

「——！」

士道不禁屏住呼吸。

狂三舔了一下嘴唇，以挑逗的手勢撫摸士道的身體。

「用其他方式……更有效？」

「妳、妳這傢伙，到底要做什麼——」

「呵呵呵。」

狂三像是對士道驚慌的反應感到有趣，露出妖豔的笑容。精靈們見狀發出哀號般的聲音：

「喂、喂，狂三！妳打算對士道做什麼！」

「馬上放開他！我真的要生氣嘍！」

「嗯嗯嗯～～！嗯唔唔唔唔嗯嗯嗯嗯～～～～！」

十香和琴里扭動身軀試圖擺脫束縛，嘴巴被堵住的二亞也在訴說著什麼，不知為何明明聽不懂她的話，卻能明確知道她肯定在講什麼不正經的話。

狂三看見十香等人的樣子，加深了笑意，更頻繁地觸碰士道的身體。

「喂，妳……！」

「呵呵，有什麼關係嘛──」

──不過，下一瞬間。

「……！咦──？」

出乎意料的感覺令士道瞪大了雙眼。

理由很單純。因為「啪」的一聲，從四方纏繞的「絲線」應聲斷裂，手腳重獲自由。

「──！」

緊接著，狂三像是發現了什麼，赫然屏住呼吸，直接跳向後方。

於是，一名嬌小的少女立刻從上方背對士道降落在他面前。

「我來遲了。你沒受傷吧，兄長？」

「——……真、真那！」

慢了一拍後，士道才認出那名少女的模樣和聲音，同時不由得呼喚她的名字。

沒錯。出現在那裡的正是〈拉塔托斯克〉的巫師，也是自稱士道親妹妹的崇宮真那。

不過，士道花了片刻的時間才理解那名少女就是真那。

理由很單純。因為她的裝扮與平常運動風的印象相去甚遠。

綴滿荷葉邊的可愛洋裝、緊勒腰部的束腰、鞋帶綁得牢牢的長皮靴、裝飾頭髮的髮箍上甚至還附有一頂小王冠。而且她像舉劍一般拿著的，又是裝飾著荷葉邊的陽傘。

也就是所謂的哥德蘿莉風打扮。真那意外地十分適合這種裝扮，但跟平常愛穿連帽上衣和運動服的她形象截然不同。

「妳、妳怎麼穿這樣……？」

「喔喔，你說這身裝扮嗎？真是不可思議，我在『外面』穿的明明是〈Vánargandr〉——這也是夢中世界帶來的影響嗎？」

所謂的〈Vánargandr〉，是〈拉塔托斯克〉開發的CR-Unit的名稱。

聽見這句話以及「外面」這個詞彙，士道赫然抖了一下肩膀。

真那出現時，士道一瞬間還以為她也被狂三困進了夢中世界。

然而——並非如此。既然不是精靈，狂三就沒道理鎖定她。

「真那，難道妳——」

「——是從『現實』過來的吧？」

「沒錯。令音發現兄長和精靈們的腦波有異常，就用顯現裝置把我的意識送到大家的夢中，就像〈夢魔〉對你們做的一樣。看來，我差點就來晚了呢。」

狂三瞇起眼，緊接著士道的話尾說道。真那莞爾一笑，舉著可愛的陽傘點頭。

「——哎呀、哎呀。」

狂三聽了真那說的話，輕聲嘆息後動起雙手的手指。配合她的動作，遍布四周的「絲線」也跟著蠢動。

「我是很想歡迎妳啦——但我現在有點忙。不請自來的客人，就麻煩妳先退場吧。」

「哈！不請自來的人是誰啊——話說回來，CR-Unit嗎？這種令人作嘔的設計，還真是適合妳呢。」

「嘻嘻嘻。妳的那身洋裝，也很適合妳喲。如果妳是不會說話的洋娃娃，我都想疼愛妳了——呢！」

狂三用力舉起雙手像在表示多說無益。然後從她的手指一根一根伸出閃著光芒的「絲線」，

劈開黑暗的巨城，襲向真那。

「呼──！」

不過，真那不慌不忙地朝地面一蹬，用力揮下手中的陽傘。

瞬間，逼近真那的無數「絲線」輕易就被陽傘切斷。

「哼。妳這招對精靈們來說可能是天下無敵，但我跟妳一樣是用顯現裝置將意識送進來的外來者。論條件，我們是不相上下……！」

「──」

真那將陽傘的尖端指向狂三，刺了出去。狂三在千鈞一髮之際跳向後方，再次發射產生出的「絲線」。

不過，這次的目標不是真那。「絲線」輕易地切斷附近的尖塔後，殘骸砸向真那。

「啊……！」

不過，真那猛然縮起腳，用陽傘彈開少量的瓦礫，彈向狂三。

「哎呀、哎呀，妳真是沒品呢，真那！」

「妳才沒資格說我咧！」

真那與狂三一邊惡言相向，在城堡中四處奔馳。

陽傘輕易切斷連〈鏖殺公〉都斬不斷的「絲線」；無論被切斷幾次都會立刻再產生出來的

「絲線」。這兩個武器的攻防，在膠著狀態下逐漸破壞巨城。

「嘖——」

就在攻防戰不知持續了多久時，閃避「絲線」的真那降落到士道身旁。

然後，大概是為了避免被狂三聽見，便壓低聲音對士道說：

「……兄長，就如同你所看見的，我們幾乎是勢均力敵。雖說不會輸，但欠缺關鍵性的一擊。而且——這裡是夢中，就算把〈夢魔〉打個落花流水，也不代表戰勝了她。」

「什麼……那該怎麼辦才好？」

士道詢問後，真那仍然直盯著狂三，繼續說：

「……待在這裡的是『意識』。換句話說，只能征服她的心了。」

「征服……她的心？」

「沒錯。所以只靠我一個人的力量不夠——我需要兄長你的幫忙。」

「咦……？」

士道聽了真那說的話，瞪大了雙眼。

「等一下，我是很想幫妳啦……但我又沒有使用顯現裝置，根本沒辦法對付她吧？」

「關於這一點，請你放心。令音有傳授我祕計——下次我發動攻擊時，就拜託你了。」

「啊，喂，真那——！」

說時遲，那時快，真那還沒仔細說明完便再次衝向狂三。

不過，既然真那要求自己幫忙，總不能一聲不吭地呆站在原地吧。雖然還不知道具體而言該怎麼做，但士道相信真那和令音，便追在真那後頭邁步奔跑。

於是，真那和狂三又在前方開打了。無數「絲線」與迎擊它的陽傘高速閃動。

不過——這時，真那突然做出有別於先前的行動。

她切斷「絲線」後，將陽傘的前端指向狂三——

「發動——顯現裝置！」

隨後按下裝在傘柄上的按鈕，打開原本收起的陽傘。

瞬間，陽傘內部溢出燐光，逐漸包圍四周。

「什麼——」

「這是——」

士道與狂三染上困惑的聲音重疊在一起。

不久後，光吞噬了兩人——將他們的視野染成一片純白。

◇

「——很好，變乾淨了呢。」

狂三擦完宅邸的窗戶後吐了一口氣，將手上的抹布扔進裝滿水的水桶中。汙垢從抹布剝離，將水變成混濁的灰色。

不過，工作尚未結束。擦完窗戶後，接下來打掃房子，房子打掃完時，就到了必須去收衣服的時間。至少，這個五河家就是如此廣大。

不過這也難怪。說到五河家，是舊貴族，也是至今仍對財政界擁有強大影響力的名門世家。

而狂三是五河家僱用的女僕之一——

「……哎呀、哎呀？」

這時，狂三歪了歪頭。

再次望向自己剛才擦拭的窗戶。仔細擦拭的玻璃有如鏡子，映出狂三的容貌。

深藍色的裙子加白色圍裙，以及頭上的可愛頭飾。無庸置疑是女僕風格，也是狂三平常的工作服……照理說是這樣才對，但不知為何，狂三對她的裝扮感到強烈的不對勁。

呃，若是問她哪裡奇怪，她也說不上來。狂三的確是這棟宅邸的女僕，現在正在工作，可是不知為何，腦海裡卻掠過打扮成其他模樣的自己——機械……鎧甲……戰鬥——？究竟是和誰戰鬥——？

「——妳在摸什麼魚啊？」

正當狂三思考著這種事情的時候，背後突然傳來這樣的聲音。

聽見這道聲音，狂三的身體自然抖了一下。

「……！真、真那。」

狂三急忙回頭，便看見一名嬌小的少女身穿做工精緻的服裝，怒不可遏地盤起胳膊站在那裡——崇宮真那，這五河家的千金小姐，不知為何卻不姓五河。總覺得不能深入追究這一點。

「真那——？」

真那皺起眉頭，瞪視狂三。狂三肩膀一顫，驚覺自己的失誤。

「非、非常抱歉，真那大小姐……！」

「——哼，算了。話說，妳一臉蠢樣地呆站在那裡，可見所有工作都處理得無可挑剔了吧——嗯嗯？」

真那用手指抹了一下附近的櫃子。

然後秀出沾著些許灰塵的手指，再次瞪向狂三。

「哎呀？清掃得很隨便嘛。」

真那以宛如惡婆婆的語氣如此說道……她對其他女僕十分溫柔，獲得人品好的評價，不知為何卻老是找狂三麻煩。

「非常抱歉，我馬上重擦……！」

狂三如此說道，打算離開房間去拿掃除用具。

然而就在這時，她絆到放在腳邊的水桶，狠狠摔了一跤。

「呀——！」

水桶翻倒，水灑了一地。而且更慘的是，因為狂三跌倒，害得裝飾在櫃子上的陶壺掉落地板，響起「砰」的清脆聲，豪華的陶壺淪為無數碎片。

「啊啊……！」

「什麼……看、看妳幹的好事！那個陶壺是兄長最珍惜的——！」

當真那臉色鐵青地大喊時，房門突然開啟，一名少年從中探出頭來。

「——好大的聲音喔，發生什麼事了嗎？」

「啊！兄、兄長！你看，這個女僕把你的陶壺打破了！」

真那向少年告狀。沒錯，這名少年正是五河家的少爺，五河士道本人。

「啊，啊啊……」

狂三無力地聲音顫抖——完蛋了。她甚至不知道五河家的擺飾有多貴。

「唔嗯……」

沒想到士道一副冷靜沉著的樣子，嘆了一口氣後望向真那。

「剩下的事我來處理，真那妳回自己的房間去吧。」

「喔、喔……」

真那含糊地回答完，最後又瞪了狂三一眼後，便遵照士道的指示走出房間。

士道確認她離開後，踩著緩慢的步伐走向狂三——

「——沒受傷吧？」

他如此說道，朝她伸出手。

「咦……？」

狂三一雙眼睛瞪得老大，回望士道的臉——那張溫柔的臉。

「啊，是、是的……我沒受傷。」

「嗯，這樣啊，那就好。」

士道拉住狂三的手扶她起來後，微微一笑。

狂三看見他的表情，不禁感到困惑。這也難怪，畢竟狂三打破了他珍愛的擺飾。

「那個……我該怎麼向您道歉才好……」

「嗯？喔喔，哎，打破就打破了。都說有形的物品遲早會毀壞。」

「可、可是——」

狂三說完，士道搔了搔頭，像是想起什麼事情似的臉上浮現戲謔的笑容。

「……說的也是。就這樣放過妳的話，我以後還怎麼對其他女僕樹立我的威嚴？沒辦法——

我要懲罰妳。」

「──！」

「懲罰」。這個詞彙在這棟宅邸並非指被關進倉庫，或是被棍子打。狂三瞬間漲紅了臉，低下頭。

然而狂三不能拒絕懲罰，因為她還有好幾個妹妹（容貌相同）要養。若是狂三被開除了，她的妹妹們（容貌相同）就要流落街頭了。

「好、好的……」

狂三發出細小如蚊的聲音如此說道，伸出微微顫抖的手撩起裙襬，慢慢往上拉，直到露出自己的內褲。

於是，士道玩味地瞇起眼睛。

「什麼嘛，妳還真是積極呢。該不會是想要接受懲罰，才故意打破陶壺的吧？」

「……！才、才沒這回……」

狂三出聲否認，說到一半卻停了。

因為士道一把抓住狂三的肩膀，將她按向牆壁。

然後以粗暴又極為溫柔的手勢勾起狂三的下巴，慢慢將臉湊近。

「真是壞孩子──妳這麼開心，就不算是懲罰了吧？」

「咦……咦……？」

察覺到士道意圖的狂三滿臉通紅，一副驚慌失措的樣子。不過，士道似乎對她這種反應也感到很有意思地微微一笑後，對狂三低聲呢喃：

「——討厭嗎？可是，我不停止。因為這是懲罰。」

「…………！」

狂三身體不停顫抖，臉頰更加潮紅。

她確實感到緊張和些許害怕。

不過，最主要的理由是——對自己的羞恥心。明明是受到懲罰的一方，卻覺得如果對方是士道，她心甘情願。

「嗯——」

「————」

士道的唇疊上狂三的唇。

瞬間，狂三的腦海受到火花四散的衝擊。

◇

「——呀啊啊啊啊啊啊啊啊啊啊啊啊啊啊啊——！」

狂三的慘叫響徹四周，同時劃過一道灼燒黑暗巨城的閃光。

士道聽著狂三的叫聲，將手擱在覺得有些暈眩的腦袋上。

「剛、剛才是怎麼回事……」

感覺好像經歷了一段奇妙的體驗。自己變成名門少爺，懲罰女僕狂三的記憶殘留在腦海。

正當士道感到困惑時，位於前方的真那收起陽傘扛在肩上回答：

「——我把〈夢魘〉暫時吸進了夢境之中。簡單來說，就是讓她體驗了和十香、琴里她們一樣的現象。」

「啊——」

聽真那這麼一說，士道瞪大了雙眼。說起來，那感覺跟自己在夢中變成貓咪和編輯時的感覺十分相似。

「話說回來，不愧是兄長，真有一套，竟然能將那個〈夢魘〉玩弄於股掌之間。」

「沒、沒有啦，我是沒什麼自覺啦……」

士道額頭冒出汗水，搔了搔臉頰。跟先前的夢一樣，當時士道認為自己是個「裝模作樣的名門少爺」，如今回想起來令人感到羞恥的行為，在夢裡時自然而然就做出來了。

「……呃，妳說我把狂三玩弄於股掌之間……真那，為什麼妳連這種事都知道？」

「咦？當然是因為我假裝回到自己的房間，其實從門縫偷看你們罰懲的畫面啊。」

「妳都看到了喔！」

士道忍不住大叫出聲。這時，瀰漫四周的塵土散去，顯露出狂三的身影。

「呼……！呼……！——」

身體毫髮無傷，裝備也不見損壞。但狂三卻十分難受地跪在地上，臉上冒出斗大的汗珠，雙頰泛紅。

「呵，勝負已定，〈夢魘〉。乖乖放了大家吧。」

「誰、誰要啊——」

說完，狂三試圖站起身子。於是，真那突然斜眼呢喃：

「『——討厭嗎？可是，我不停止。因為這是懲罰。』」

「噫啊……！」

瞬間，狂三雙腳顫抖，再次癱坐回去。效果超群。

不過，有一個問題。士道臉頰泛紅，呻吟般說道：

「……真那，我也會中箭，別說了……」

「哎呀，真是抱歉了。」

真那如此說道，表現出的態度卻不如她所說的那樣歉疚。然後，她將陽傘前端指向狂三。

「認命吧。要不然，我就讓妳繼續作剛才的夢喔。」

「唔、唔……！」

狂三一臉不甘心地發出呻吟，眼眶微微泛淚。

有眼睛的人都看得出誰勝誰負。狂三雖然在逞強，但心靈早已傷痕累累。只差臨門一腳就能將大家從這個空間釋放了吧。應該說，覺得難為情的不只狂三一人，士道也希望她快點放棄。

不過，就在這個時候——

「——別太丟人了，『我』。」

某處傳來這樣的聲音。

「什麼——」

「這個聲音是——〈夢魘〉！」

彷彿回應真那的聲音，一道影子盤踞於癱坐在地的狂三旁邊，身穿赤黑靈裝的狂三從中現身。士道見狀，不由得從喉嚨擠出聲音說：

「狂三！所以說，那個狂三是——」

士道將視線投向CR-Unit狂三如此說完，便聽見真那憤恨地冷哼一聲。

「——果然是分身啊。不過，我早就隱約猜到了。」

「哎呀哎呀，不愧是真那，竟然察覺到了嗎？」

「妳以為我這一路以來殺了多少個妳啊。」

狂三打趣地如此說道，真那便冷哼一聲回答。

「——所以？妳打算開戰嗎？」

「別那麼早下定論。我來這裡並不是為了滋事——而是來回收擅自行動的『我』。」

「咦……？」

聽見出乎意料的話，士道瞪大了雙眼。

這時，癱坐在地的CR-Unit狂三——分身，歇斯底里地大喊：

「『我』……！妳怎麼會在這裡！」

「因為我發現穿著CR-Unit陷入沉睡的分身，就用【十之彈(Yud)】探索記憶，再用【九之彈(Tet)】連結妳的意識——真是的，竟然給我找這種麻煩。」

「『我』在——說什麼呀！我……只是為了我們的目的，想獲得靈力而已！因為『我』不想對士道出手，我才特意不惜使用顯現裝置，想讓十香她們的靈力逆流——！我到底錯在哪裡！」

「我不是在追問妳的行動是對是錯。我是頭腦，而分身（我）是手腳。無論有任何理由，手腳都不該反抗大腦。我若是原諒妳這種行為，我們的秩序遲早會大亂。」

狂三說完，分身輕聲嘆息：

「少說得這麼冠冕堂皇了……老實說清楚不就得了！『我』一直猶豫不決吧？因為『我』對士道——」

「——『我』。」

就在分身話說到一半的時候，狂三彈了一個響指。於是，她腳下的影子開始蠢動，吞噬了分身。

「什麼——呀、呀啊啊啊啊啊！」

分身留下這樣的慘叫聲便消失了蹤影。

於是下一瞬間，周圍一帶開始震動，漆黑的空間產生裂縫。

「哇……！」

「這是……！」

「放心吧。應該是因為『我』的意識中斷，原本用來維持這世界的顯現裝置失效了。」

面對驚慌失措的士道與真那，狂三以彬彬有禮的態度拎起裙襬。

「──好了，我先一步告退了。我不肖的分身給你們添麻煩了。」

她如此說道，自己也打算潛入影子中。

就在狂三的身體沉入四分之一時，真那挑釁地嘆了一口氣：

「哎呀，妳要逃走嗎？」

「我不是說過了嗎？我只是來回收『我』的──不過，我說妳啊──」

狂三回望真那，端詳她的容貌，愉悅地笑了笑。

「妳好像以為妳這身打扮是進入這個世界後才受到影響的。不過，就我用【十之彈】調查的結果，『我』並沒有賦予這個世界那樣的效果。」

「……妳說什麼？」

「──真那，妳內心深處是否很嚮往這種打扮？呵呵呵，很適合妳喲。」

「…………！」

狂三給真那留下一擊後，便呵呵笑著消失在影子中。

不久後，空間的裂縫越來越大，黑暗世界逐漸充滿光明。

「那、那個女人……！」

這時，好像傳來真那懊悔不甘的聲音──但士道決定盡量不予理會。

◇

「嗯……唔……」

朝陽透過眼皮，不停刺激眼球。

面對即將清醒的感覺，士道發出微弱的聲音，微微睜開眼睛。

於是——

「——士道！你沒事吧！」

「太好了……」

「欸欸～我說少年，從中途開始我就記不太清楚了，結果三三怎麼了？」

疑似在士道床邊等候的精靈們發出熱鬧的聲音。

看來大家似乎比士道早一步清醒過來。精靈們蜂擁而至的士道房間，宛如擠滿人的電車擁擠不堪。

看見這出乎意料的光景，士道起初是驚慌失措——但立刻想起剛才作的夢，便鬆了一口氣。

「啊，啊啊……早安啊，各位。幸好妳們平安無事。」

士道苦笑著坐起身子後，精靈們便表情一亮，紛紛對士道道謝：

「對不住，郎君，多謝你救了我。若是沒有你，妾身或許已被奪取靈力。」

「……對啊，真的好險喔。」

「就是說呀～～！啊，可是身穿CR-Unit的狂三很迷人吧～～該怎麼說呢？有種靈裝沒有的服貼感……」

也有一部分像美九一樣照常運轉的精靈就是了。

總之，大家似乎都平安無事。士道再次吐了一口氣後，從床上下來。

「好了，大家下樓去吧……感覺肚子好餓喔。大家吃過早餐了嗎？」

「喔喔！還沒有！」

「嗯，這樣啊。那我簡單做個早餐吧。」

士道說完，精靈們熱血沸騰了起來。

「煎蛋呢？可以煎蛋來吃嗎？下面鋪培根那種！」

「灼燒白銀原野的火焰與金色的祝福！」

「翻譯。耶俱矢說她要塗滿奶油的吐司。」

「咦咦～～小矢是麵包派嗎？日本人就應該吃米飯。」

「……不，什麼日本人，是精靈好嗎？」

「好了、好了，我知道了，先下樓吧。」

士道無奈地聳聳肩，並且帶頭離開房間，走下樓。

然後來到客廳時，微微睜大了雙眼——因為看見兩個人的身影。

「……嗯，早啊，小士。」

「兄長，你有些睡過頭嘍——不過，畢竟發生了那種事，我就睜一隻眼閉一隻眼吧。」

「令音、真那！」

士道不禁呼喚兩人的名字。沒錯，〈拉塔托斯克〉的分析官村雨令音與真那就坐在客廳的沙發上。

發現士道和精靈們有異的令音，以及使用顯現裝置趕來救援的真那。若是沒有她們兩個，士道一行人現在可能還困在夢中。士道走到兩人面前，深深低下頭。

「令音，謝謝妳，真的幫了我大忙。真那也是，謝謝妳。」

士道說完，精靈們也跟著低下頭。令音和真那彼此對看，有些難為情地搔了搔臉頰。

「……沒有啦，這是我應該做的。平時觀察精靈腦波奏效了呢。」

「就是說啊，這點小事不足掛齒。而且，大家會得救一方面也是多虧兄長你的努力呀。」

真那說完這句話時，折紙朝兩人前進一步。

「——對了，我有事想問妳們。」

「嗯？什麼事，折紙？」

「請詳細說明關於利用顯現裝置進入別人夢裡的方法。」

「呃，妳問這個是打算幹什麼啊，折紙！」

士道感覺到一股無以名狀的惡寒，發出哀號般的聲音。

折紙之後依然不屈不撓地發問，但令音和真那似乎也認知到將那個方法傳授給折紙的危險性，因此含糊帶過。

「真是受不了她……」

士道唉聲嘆了一口氣後，圍上圍裙，走向廚房打算準備早餐。

真那跟著走向廚房。

「嗯？怎麼了，真那？」

「我來幫忙。你剛起床，要準備這麼多人的早餐，應該會累吧……而且，我怕待在客廳被折紙施壓。」

「哈哈……原來如此。那好吧，可以幫我把高麗菜切絲嗎？」

「好的，包在我身上。」

說完，洗完手的真那拿起菜刀，以熟練的動作將高麗菜切絲。

「喔，妳很會切嘛。」

「是的，我很擅長用刀。」

「妳這句話聽起來怎麼感覺很危險啊……」

士道雖然露出苦笑——但考慮到真那的來歷，她會說出這種話或許也是十分自然吧。受到ＤＥＭ進行魔力處理，啟發了當巫師的才能，卻因此失去普通生活方式的少女。

「……我說啊，真那。」

「嗯？什麼事，兄長？」

「沒有啦，就是……那個啊，方便的話，下次要不要去買東西？像是衣服之類的——」

「…………」

士道若無其事地說道，先前有節奏地敲打砧板的菜刀突然停下。

經過片刻的沉默，真那發出細微的聲音：

「『——討厭嗎？可是，我不停止。因為這是懲罰。』」

「咳……！」

真那突如其來的發言令士道不禁咳嗽不止。

「兄長……我們都忘了夢中的事，如何？」

「……喔、嗯。這樣可能比較好吧。」

兄妹無力地彼此苦笑後，若無其事地又開始準備早餐。

◇

「——話說回來，真是稀奇呢。」

「是的、是的，說的沒錯。」

在漆黑幽暗的影子中。狂三聽見某處傳來的分身們的聲音，眉尾抽動了一下。

「什麼事那麼稀奇？」

「呵呵呵，少裝傻了。」

「就是使用顯現裝置，試圖奪取十香等人靈力的『我』啊。」

「平常有違抗命令的個體，早就立刻處置了。」

「哼——」

聽見分身玩味的發言，狂三輕輕冷哼了一聲。

使用顯現裝置的分身雖然在影子裡處於隔離狀態，但還保住了一條小命。單看這一點，說狂三變得心軟了也是無可厚非。

不過，狂三盤起胳膊，低垂視線。

「她的確是擅自行動，但動機畢竟算是為了我的目的。若是她表現出充分反省的態度，讓她再次加入戰隊比較不浪費。」

「況且——」狂三接著說道：

「——殺掉善於操縱顯現裝置的個體，不是太可惜了嗎？」

狂三說完，分身像是思考了數秒般陷入沉默，接著嘻嘻嗤笑了起來。

「——啊啊，啊啊，原來如此。」

「『我』也想利用顯現裝置，夢見士道吧？」

「什麼……！」

分身們的胡亂猜測令狂三猛然瞪大雙眼。

「我哪有這麼說……？只是單純就戰力而言罷了！」

「少來了～～」

「嘴上這麼說～～」

「『我』究竟想做什麼樣的夢呢？」

分身群不聽狂三反駁，逕自興奮地討論起來。

「啊啊，啊啊，如果是我，想要像十香那樣奇幻的夢。」

「哎呀、哎呀，可是像六喰那樣被士道救出遊廓的夢也難以捨棄呢。」

「我絕對是選士道主人和女僕的我。不，稍微改編一下，由我僱用士道當管家也不錯……」

「『我』，妳覺得呢？」

「…………」

黑暗中投來分身們的視線……討厭的發展。就算打哈哈帶過，也能預見她們一定會死纏爛打直到問出答案。狂三認命地嘆了一口氣。

「……這個嘛，如果是我——」

接著無奈地開始敘述自己想作的夢境情節。

分身們聽完，依照重現年代的不同，分別表現出各式各樣的反應。

「哎呀、哎呀。」

「原來如此……」

「原來——是這樣啊。」

有人表示開心、興味盎然——或是有些難過的模樣。

狂三輕聲嘆息後，轉身背對分身群。

「……終究只是夢而已。」

這句話與其說在對分身說，更像在說給自己聽——卻沒有一個分身打算指摘這一點。

後記

好久不見，我是橘・萬萬沒想到二〇一八年竟然會跟秀逗魔導士本篇一起擺在店頭・公司。呀喝～～

大概因為是如此值得紀念的一集，書衣的折紙也身穿正式服裝，高貴的氣息十分迷人呢。狗耳學校泳裝女僕正是折紙的大禮服。

好了，短篇集也已來到第八集。這一集的風格跟以往有些不同。

通篇是以「IF」，也就是「假設」的幻想世界短篇為主，再以新寫的短篇來總結。是以前沒有嘗試過的形式，各位覺得如何呢？如果各位讀者喜歡本書，將是我莫大的榮幸。

那麼，我就進入《安可》慣例的各話解說嘍。內容會提及故事情節，還沒閱讀本篇故事的讀者請小心踩雷。

○雙人七罪

IF短篇第一彈。雖然是以描繪假設世界為概念，但一開始設定得太複雜，可能會有人感到困惑，因此先從比較大眾的學園篇開始。士道當實習老師，來到所有精靈是學生的學園。

畢竟都特地寫幻想世界了，我希望不只設定情節，也來做一些平常沒辦法做到的事情，便讓（大）七罪與（小）七罪同時登場了。（小）當姊姊是我講究的重點。超級可愛。不可愛的這一點正是她的可愛之處（矛盾）。

雖然刊登在《DRAGON MAGAZINE》的插畫只有泳裝的場景，但其實七罪老師穿著老土運動服的設計圖從那時就已經存在了。這次有添增了新內容，我真的非常開心。

○勇者十香

一開始認為寫折紙篇或二亞篇也不錯，但由於刊載這個故事的《DRAGON MAGAZINE》封面正好是十香，就寫了十香拔出傳說之劍的故事。其實比第十八集還要早實現與反轉十香對戰的場面。

我喜歡敵我對峙的插畫。根據服裝隱約能推斷出人物在團隊中扮演的角色來進行妄想。也好想看看折紙她們的騎士鎧甲裝喔。大概是因為躲在四糸乃背後的七罪畫得過於傳神，對完全沒有出場的美九王妃留下異常深刻的印象。

○編輯琴里

讓佛拉克西納斯雜誌（簡稱《佛拉誌》）順利責了吧！因此把〈拉塔托斯克〉當作編輯部，催精靈作家們交稿。從這一篇開始，故事情節跟前幾篇差滿多的，卻莫名覺得十分契合。正好遇到《DRAGON MAGAZINE》三十週年紀念號，感覺意義深重。《DRAGON MAGAZINE》才沒有拖到最後一刻呢！沒有……對吧？

思考精靈們的筆名出乎意料地有意思。我喜歡的筆名是「白井雛」老師和「NATSUKO」老師。

○藝妓六喰

想不想看……六喰的花魁模樣？衝著這一點就決定寫這篇故事了。看見插畫的六喰太夫後，我確定我當初的直覺是對的。後面的四糸乃和七罪也很可愛。

六喰自然不用說，樓主二亞與損友美九未免也太適合了吧。最後六喰的臺詞「最喜歡（いっち好き）」，寫遊廓篇怎麼可以少了這句話。

○精靈士織

在整體故事大多天馬行空的本集中，這篇故事又特別出奇。就面對自己另一面的這點來說，可說是和〈雙人七罪〉、〈勇者十香〉屬於同樣的概念，卻有一種突兀感。

士織持有的〈終極侍女〉用途十分廣泛，不只能用來做料理，還能打掃、洗衣、挑魚刺之類的，是一把十分驚人的天使。

如果士織有反轉體，搞不好會變成超級懶散、把房間弄得一團亂的精靈。不洗衣服，廚藝又差……咦？二亞？

○在黑暗中揭幕／拉下布幕的是 Beginning of Nightmare End of Nightmare

本書新寫的短篇文章。難得加了序文。

所以，原來這一連串的幻想故事都是這傢伙幹的好事！由於在寫〈雙人七罪〉之前就已經製定好故事大綱，開始寫的時候挖掘得很辛苦。

我從一開始就決定要讓狂三穿上CR-Unit，但讓真那反過來穿上哥德蘿莉裝的情節倒是實際寫

的時候才加上去的。既然狂三穿上CR-Unit，那宿敵真那就得穿上哥德蘿莉裝才公平對吧！

這下子狂三就是繼折紙以來，第二個有Unit裝備經驗的精靈了。不過，若是精靈們都有各自的專用機，想必會很有意思吧。加油，〈拉塔托斯克〉。

各話解說就到此結束。

新一季動畫正在製作中。我有好幾個想公開的消息，不過因為這本書的發售日正好是富士見活動前一天，所以不能先公開，真是令人心癢難耐啊。我想過不久大家就會知道是什麼消息了，敬請期待！

另外，Fantasia文庫三十週年紀念ＬＩＮＥ貼圖裡也有《約會》的貼圖，請務必看看！

那麼，這次依然在多方人士的幫助下才得以出版這本書。

每次繪製精美插畫的插畫家つなこ老師、責任編輯、美編草野、各位編輯、營業、通路、販售等相關人員，以及現在拿起這本書閱讀的各位讀者，在此向你們致上由衷的感謝。

那麼，期待下次再相會。

二〇一八年九月　橘　公司

約會大作戰DATE A BULLET 赤黑新章 1~4 待續

作者：東出祐一郎　原案・監修：橘公司　插畫：NOCO

時崎狂三來到激戰區第八領域，
與分散的緋衣響成了敵對關係？

與第十領域並列為激戰區的第八領域，支配者方的絆王院華羽與叛亂軍的銃之崎烈美持續戰爭。狂三加入絆王院這一方試圖終結戰爭，然而緋衣響卻不知為何成了叛亂軍的長官。少女們的夏日回憶儘管如煙火絢爛，卻也伴隨著消逝的空虛與寂寥……

各 **NT$220~240/HK$68~75**

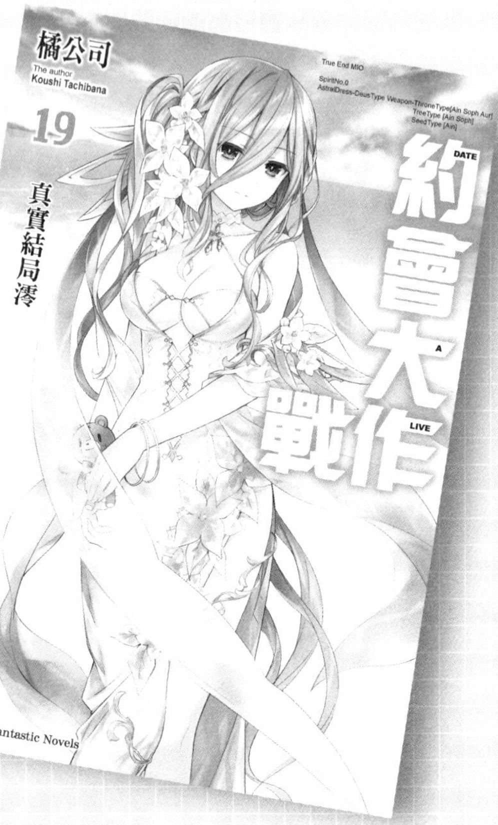

約會大作戰 1~19 待續

作者：橘公司　插畫：つなこ

接受精靈的協助，賭上世界的命運。
士道將與初始精靈約會，讓她迷戀上自己？

精靈們被崇宮澪一一收回靈魂結晶碎片，就在即將導致最糟糕的結局時，士道使用【六之彈】回到了最終決戰的前一天。面對絕望的力量差距，士道想起能利用對話消減精靈力量的唯一方法，那便是與精靈約會，令她迷戀上自己！

各 **NT$200~250/HK$55~83**

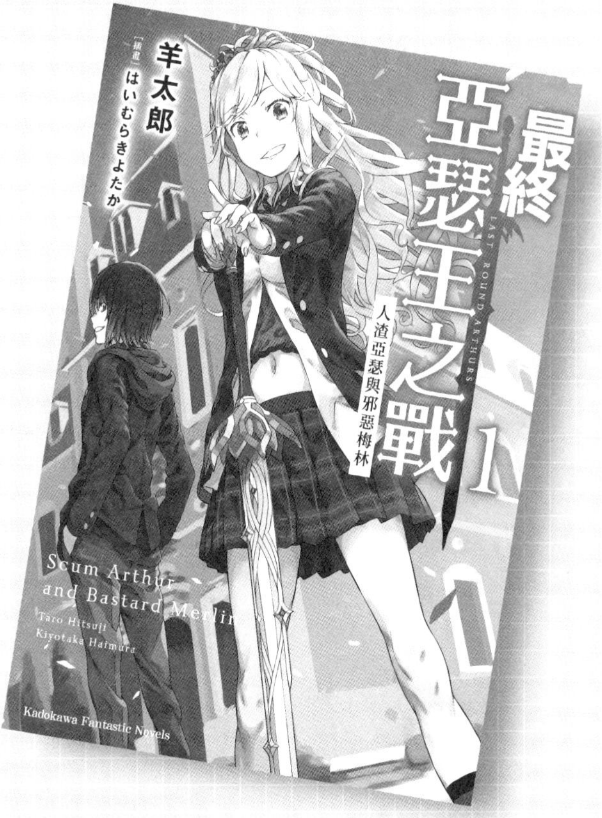

最終亞瑟王之戰 1 待續

Kadokawa Fantastic Novels

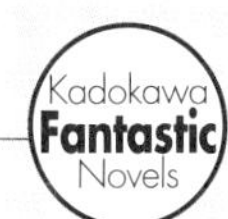

作者：羊太郎　插畫：はいむらきよたか

為了終將到來的世界危機——
決定亞瑟王繼承者的戰爭即將展開！

天才高中生真神凜太郎故意加入被評為「最弱」的瑠奈．阿爾托爾的陣營，參加選拔真正亞瑟王繼承者的「亞瑟王繼承戰」。可是，瑠奈是個當掉聖劍，逼手下玩角色扮演賺錢的人渣！然而面臨絕望的危機時，瑠奈展現出連凜太郎也不由得認同的強大力量——

NT$250/HK$83

千劍魔術劍士 1 待續

作者：高光晶　插畫：Gilse

斬斷這世界所有不合理與絕望——
最強劍士傳說開幕!!

身為傭兵的阿爾迪斯，身懷歷史上從未有過紀錄的魔術「劍魔術」。某天他遇見了被視作「禁忌之子」的「雙子」少女，決定悄悄撫養兩人。他為生活費而接下的工作，是要說服一名謎樣美女，沒想到那女人竟與阿爾迪斯同樣懂得施展「無詠唱魔法」……！

NT$220/HK$73

這個勇者明明超TUEEE卻過度謹慎 1~2 待續

作者：土日月　插畫：とよた瑣織

用來對付新強敵和魔王的最後王牌——
謹慎勇者的奧義即將解禁！

廢柴女神莉絲妲及勇者聖哉要聯手拯救難度MAX的世界。新敵人是高速飛行的巨蠅、攻擊無效的死神等比之前更棘手的怪物！聖哉將窩在神界學到強大的犯規技能，拿掉無數壓抑聖哉力量的負重環，進行挑戰⋯⋯？

各 **NT$220/HK$73~75**

Kadokawa
Fantastic
Novels

約會大作戰DATE A LIVE 安可短篇集 8

（原著名：デート・ア・ライブ　アンコール8）

2019年11月18日　初版第1刷發行
2024年2月2日　初版第2刷發行

作　者：橘公司
插　畫：つなこ
譯　者：Q太郎

發行人：台灣角川股份有限公司
總　監：呂慧君
總編輯：蔡佩芬
主　編：林秀儒
編　輯：孫千棻
設計指導：陳晞叡
美術設計：吳佳昫
印　務：李明修（主任）、張加恩（主任）、張凱棋

發行所：台灣角川股份有限公司
地　址：104台北市中山區松江路223號3樓
電　話：（02）2515-3000
傳　真：（02）2515-0033
網　址：www.kadokawa.com.tw
劃撥帳戶：台灣角川股份有限公司
劃撥帳號：19487412
法律顧問：有澤法律事務所
製　版：巨茂科技印刷有限公司
ISBN：978-957-743-346-6
